D0880626

UNA NOCHE EN PARÍS
Lynne Graham

HARLEQUIN™

Editado por Harlequin Ibérica.
Una división de HarperCollins Ibérica, S.A.
Núñez de Balboa, 56
28001 Madrid

© 2019 Lynne Graham
© 2019 Harlequin Ibérica, una división de HarperCollins Ibérica, S.A.
Una noche en París, n.º 2733 - 16.10.19
Título original: His Cinderella's One-Night Heir
Publicada originalmente por Harlequin Enterprises, Ltd.

I.S.B.N.: 978-84-1328-490-3
Depósito legal: M-27193-2019
Impreso en España por: BLACK PRINT
Fecha impresion para Argentina: 13.4.20
Distribuidor exclusivo para España: LOGISTA
Distribuidor para México: Distibuidora Intermex, S.A. de C.V.
Distribuidores para Argentina: Interior, DGP, S.A. Alvarado 2118.
Cap. Fed./Buenos Aires y Gran Buenos Aires, VACCARO HNOS.

Capítulo 1

DANTE Lucarelli, acaudalado propietario de una empresa de energías renovables, recorría la carretera que bordeaba la costa sobre una poderosa moto, disfrutando del viento en la cara y de una extraña sensación de libertad. Durante unas horas todos sus problemas se habían evaporado, pero el momento mágico terminó y, al recordar sus obligaciones como invitado, dejó de apretar el acelerador para que su anfitrión, Steve, lo adelantase.

–¡Me has dejado ganar! –protestó Steve, dándole un puñetazo en el brazo mientras aparcaban las motos–. Así no tiene gracia.

–No quería hacerte quedar mal delante de tus vecinos. Además, la moto es tuya –Dante, con el pelo negro revuelto, los dientes blanquísimos en contraste con sus bronceadas facciones, sonrió a su viejo amigo del colegio–. ¿Así que esta es tu última aventura?

Dante miró los pinos que rodeaban la terraza del restaurante, situado sobre un lago con una playa de arena. Tenía un aire marchoso, alegre, casi caribeño.

–Así es.

–Un sitio muy discreto para un hombre que se gana la vida levantando rascacielos, ¿no?

–Déjame en paz –replicó Steve, un corpulento rubio con aspecto de jugador de rugby–. Es un sitio de temporada y funciona muy bien cuando hace buen tiempo.

–Y da trabajo a mucha gente de la zona –se burló Dante, sabiendo que Steve se tomaba muy en serio su responsabilidad para con la gente del pueblo.

Steve Cranbrook era un hombre generoso y una de las pocas personas en las que confiaba.

Estaban en el sureste de Francia, una zona rural, algo alejada de las zonas más turísticas, donde Steve había comprado un *château* para pasar los veranos con su familia. Su numerosa familia, pensó Dante intentando contener un escalofrío. Steve tenía cuatro hijos pequeños, dos pares de mellizos de menos de cinco años que habían exigido su atención desde que llegó a Francia el día anterior. Por eso había agradecido tanto poder salir un rato del *château*. No porque no le gustasen los niños sino porque no estaba acostumbrado e intentar contener a los sociables hijos de Steve era como intentar parar un huracán formado por innumerables brazos, piernas y charlatanas lenguas.

–No es eso –protestó Steve–. Invierto cuando veo una buena oportunidad y si se trata de una buena causa intento contribuir. Por aquí no hay muchas oportunidades de trabajo.

Dante se sentó en un banco de madera hecho de un tronco gigante y miró las ramas de los árboles moviéndose con la brisa y a un grupo de chicos que bromeaba en la barra.

–Seguro que este es el único restaurante que hay en muchos kilómetros –comentó.

–Así es. Y la comida es buena. Viene mucha gente cuando hace buen tiempo –respondió su amigo–.

Bueno, cuéntame, ¿cuándo tienes la reunión con Eddie Shriner?

—En dos semanas. Y aún no he encontrado a una mujer que me ayude a controlar a Krystal.

—Pensé que Liliana iba a hacerte el favor —dijo Steve.

—No, al final no ha podido ser. Liliana quería un anillo de compromiso como incentivo —admitió Dante, frunciendo el ceño—. Aunque sería un compromiso falso, no pienso arriesgarme a pasar por eso, ni siquiera con ella.

—¿Un anillo de compromiso? ¿Por qué necesitaba un anillo de compromiso para librarte de Krystal?

Dante se encogió de hombros.

—Era una cuestión de orgullo. Según ella, solo se habría reconciliado conmigo después de haber roto hace años si ponía un anillo de compromiso en su dedo y que eso mismo es lo que pensaría Krystal.

—Tu vida amorosa… —Steve sacudió la cabeza—. Si no dejases a tantas mujeres amargadas y resentidas, no estarías en esta situación.

Dante apretó los labios en silencioso desacuerdo. Él no tenía intención de casarse y formar una familia y nunca le había mentido a ninguna mujer al respecto. En su vida no había sitio para el amor y siempre lo dejaba bien claro. Él no se ataba a las mujeres, nunca lo había hecho y nunca lo haría. Liliana, una exnovia que se había convertido en amiga, era la única excepción. La respetaba y sentía gran afecto por ella, pero no estaba enamorado.

Su opinión sobre el amor y el matrimonio se había desmoronado desde que pilló a su tramposa madre en la cama con uno de los mejores amigos de su padre.

Su presuntuosa madre, que criticaba a los demás por el menor error y les daba la espalda sin pensarlo dos veces cuando no estaban a la altura de sus expectativas. Dante había entendido entonces que sus padres tenían un matrimonio abierto, aunque debería haberlo imaginado porque nunca había visto gestos de cariño entre ellos.

Pero había sido su incapacidad de amar a Liliana lo que dejó claro que había heredado los genes de sus fríos progenitores, pensó, sombrío.

Solo había sentido verdadero cariño por su hermano mayor, Cristiano, y su muerte, un año atrás, había sido el golpe más duro de su vida, dejándolo atormentado por el sentimiento de culpa. A menudo pensaba que si hubiera sido menos egoísta podría haberlo salvado. Trágicamente, Cristiano se había quitado la vida porque nunca había sido capaz de defenderse. Soportando la intolerable presión de sus exigentes padres e intentando desesperadamente complacerlos como el hijo mayor y el heredero, Cristiano se había derrumbado ante la presión.

Lo único que podía hacer para honrar su recuerdo era recuperar su finca, el paraíso al que su hermano solía ir cuando la vida era demasiado para él. Tras la muerte de Cristiano, sus padres habían vendido la finca a Eddie Shriner, un promotor inmobiliario casado con la más amargada de sus exnovias, Krystal. Pero incluso casada con Eddie, Krystal seguía haciendo descarados intentos de volver a meterse en su cama. Era incorregible y lo último que Dante necesitaba era que tontease con él mientras intentaba llegar a un acuerdo con su marido.

–¿Por qué no contratas a una acompañante que se

haga pasar por tu novia? –sugirió Steve, bajando la voz–. A cambio de dinero, claro.

–¿Contratar una acompañante? Eso suena sórdido y peligroso –murmuró Dante, observando a una joven bajita que estaba frente a la barra con una bandeja.

Su pelo, tan rojo como una hoguera de Halloween, era una alegre masa de rizos sujeta por un prendedor. Tenía una piel de porcelana y las piernas de una diosa, pensó, observando las viejas botas vaqueras, la falda de flores y un top ajustado sobre el que asomaba la curva de unos pechos muy generosos. Tenía un sentido de la moda algo peculiar, desde luego.

–Se llama Belle... ¿me estás oyendo? –lo llamó Steve al ver que seguía mirando a la chica. Con dificultad, Dante apartó su atención de las tentadoras curvas y el clásico rostro ovalado y volvió a mirar a su amigo–. Se llama Belle –repitió Steve, con un brillo de humor en sus ojos castaños.

–¿Y qué hace una chica tan guapa trabajando como camarera en un sitio como este? –preguntó Dante, notando con irritación el deseo que latía en su entrepierna.

–Esperando una oportunidad –respondió Steve–. Está intentando ahorrar dinero para volver a Gran Bretaña y rehacer su vida. Tú podrías llevártela a Londres.

–¿Por eso me has traído aquí? ¿Desde cuándo hago yo nada por nadie? –protestó Dante, levantando sus gafas de sol para observarla mejor.

Casi fue un alivio descubrir que tenía pecas en la nariz. Por fin un fallo en medio de tanta perfección, pensó. Se preguntó entonces de qué color serían sus ojos.

–No, ya sé que no, pero se me ha ocurrido que podríais haceros un favor el uno al otro. ¿Por qué no la contratas? Belle está en un apuro. Ah, y hay un perro en la historia. Te gustan los perros, ¿no?

–No.

–Belle es una buena chica… y es muy guapa. Llevan todo el verano haciendo apuestas en la barra para ver quién consigue ligársela.

–Qué bien –murmuró Dante, haciendo un gesto de disgusto–. No, lo siento, no me interesan las buenas chicas.

–Pero no tendrías nada con ella –insistió Steve–. Tú necesitas una novia falsa y ella necesita dinero. Le he ofrecido un préstamo, pero no lo ha aceptado porque es una persona honrada. Me dijo que no podía aceptar el dinero porque no sabía cuándo podría devolvérmelo.

–Es camarera, fin de la historia –replicó Dante–. Yo no salgo con camareras.

–Eres un esnob –dijo Steve, sorprendido–. Por supuesto, sabía lo de la sangre azul, el *palazzo*, el título de tu familia y todo los demás símbolos de riqueza que tú dices despreciar…

–¿Qué haría una camarera en mi mundo? –lo interrumpió Dante, desdeñoso.

–Lo que tú le pagases por hacer, que es más de lo que puedes decir de las estiradas mujeres con las que sales –señaló su amigo–. Sería un contrato, sencillamente. Aunque no sé si ella aceptaría.

Dante no dijo nada porque sus ojos se habían encontrado con los de la joven, que se acercaba para atenderlos. Tenía unos ojos muy grandes y brillantes de un tono azul oscuro, casi violeta, que destacaban en esa piel de porcelana.

Sí, era guapísima.

Belle había observado a los dos hombres que habían llegado en moto. Todo el mundo conocía a Steve, el propietario del restaurante, un tipo simpático y humilde a pesar de su dinero y su éxito como arquitecto. Steve era un hombre de familia con cuatro niños preciosos y una bella mujer española, pero su invitado no se parecía nada a él. Eran como el día y la noche.

Él era muy alto, de aspecto atlético, y se movía como un hombre que se sentía a gusto con su propio cuerpo. Su pelo, negro azulado y despeinado por el viento, caía casi hasta rozar sus anchos hombros. Incluso en vaqueros, con una sencilla camisa de algodón, era como un magnífico felino, hermoso y salvaje… y probablemente igual de peligroso.

Su compañero de trabajo, un usuario habitual de las redes sociales, identificó al extraño como Dante Lucarelli, un magnate italiano que se había hecho millonario en el campo de las energías renovables.

Belle se acercó a la mesa para preguntarles qué querían tomar y, cuando el italiano levantó la mirada y se encontró con unos vibrantes ojos dorados rodeados por unas pestañas larguísimas, fue como si un detonador hubiese explotado dentro de ella. Todo su cuerpo parecía estar ardiendo.

Nerviosa y ruborizada, tomó nota y volvió a la barra a toda prisa. Era un hombre extraordinariamente guapo… y lo sabía. ¿Cómo no? Cualquiera que viese esa cara en el espejo todos los días se daría cuenta de lo guapo que era. Y, aunque no se mirase mucho al espejo, todas las mujeres del bar estaban pendientes de él y tenía que notar la atención que despertaba.

Belle sabía que debía estar roja como un tomate.

Odiaba no poder controlar ese rubor, que la avergon-
zaba a los veintidós años igual que cuando era adolescente. Diminuta, pelirroja, con pecas y con unos pechos demasiado grandes para alguien de su estatura,
no había sido precisamente popular en el colegio.

Dante esbozó una sonrisa al ver que se ponía colorada. ¿Cuándo había visto a una mujer ruborizarse de
ese modo? No lo recordaba, pero él no solía cometer
el error de asociar rubor con timidez o inocencia. No,
más bien con la atracción sexual. Estaba acostumbrado a que las mujeres lo deseasen. Le había pasado
desde los dieciséis años, cuando perdió la virginidad
con una de las amigas de su madre, en un gesto de
rebeldía tras descubrir la aventura extramarital de su
progenitora. A los veintiocho años, daba por sentado
que el noventa y nueve por ciento de las mujeres se
irían a la cama con él si mostrase el menor interés. Y
rara vez tenía que hacerlo. El sexo era frecuentemente
ofrecido en bandeja de plata sin que él tuviese que
hacer nada.

Belle llevó las cervezas intentando no mirar al extraño. Era normal fijarse en un hombre atractivo y
ponerse colorada no era culpa suya. No podía contro-
larlo y se había acostumbrado como había tenido que
acostumbrarse a tantas otras cosas desafortunadas.

Pensó entonces en la mala suerte que parecía per-
seguirla desde siempre. Su madre no la quería y su
padre no había querido saber nada de ella. Su abuela,
Sadie, le había dicho que esa falta de interés era un
pecado de sus padres y que no debía tomárselo como
algo personal.

Sus abuelos sí la habían querido, pensó, sintiendo
que sus ojos se empañaban. Pero sus abuelos habían

muerto y pensar en ellos la entristecía porque le recordaba que estaba sola en el mundo, sin nadie en quien apoyarse cuando las cosas iban mal. Y en Francia las cosas habían ido muy mal.

Dante estudiaba a Belle mientras se movía por el local, intentando imaginarla con un vestido de alta costura. Pero, por alguna razón inexplicable, su cerebro solo formaba imágenes de ella desnuda. Un nuevo vestuario la haría infinitamente más presentable pero, por supuesto, tendría que dejar de morderse las uñas. Un hábito tan desagradable, pensó.

—¿Qué hace en Francia? —le preguntó a Steve, señalando a Belle con la cabeza.

—Solo sé lo que he oído por ahí. Dicen que vino hace tres años como acompañante de una anciana inglesa que vivía en el pueblo. Al parecer, la pobre mujer sufría demencia, pero la familia dejó sola a Belle. El médico del pueblo la ayudó en lo que pudo, pero no creo que fuese muy agradable para ella.

Dante enarcó una oscura ceja.

—¿Por qué no volvió a casa cuando la dejaron sola?

—Sentía afecto por la anciana y no quería abandonarla.

—¿Y cómo terminó aquí, en el restaurante?

—La anciana murió de un infarto y su familia vendió la casa inmediatamente. Dejaron a Belle en la calle, sin dinero para volver a Gran Bretaña. Tampoco quisieron saber nada del perro, Charlie —le contó Steve, cuando un chucho que necesitaba un buen corte de pelo se acercó para recibir una caricia.

Dante no se molestó en mirar al animal.

—Así que le diste trabajo aquí.

—El gerente del local le dio trabajo y alojamiento

aquí, sí. Duerme en una vieja caravana, detrás de los árboles. Sola con el perro.

–Qué desastre de vida –dijo Dante–. No me interesa, yo prefiero a los ganadores.

–Pero los perdedores son menos exigentes cuando se trata de negociar y sé que tú no tienes escrúpulos –replicó Steve–. Seguro que no te importa aprovecharte de las desgracias de los demás.

Dante esbozó una sonrisa.

–Ser implacable es algo que llevo en los genes.

–Salvo con tu hermano. He perdido la cuenta de las veces que le sacaste las castañas del fuego –dijo Steve–. Dices que no eres sentimental y, sin embargo, mira hasta dónde estás dispuesto a llegar para recuperar esa finca.

Dante apartó la mirada.

–Eso es diferente.

–Debe serlo. La primera vez que te alojaste en la cabaña de Cristiano te pareció un infierno.

–No me gusta la vida al aire libre, pero mi hermano siempre fue un apasionado de la Naturaleza. ¿Quieres otra cerveza? –le preguntó, haciéndole un gesto a Belle con la botella.

–No, gracias. Sancha tendrá la cena hecha y odia que llegue tarde a cenar.

–Solo son las ocho.

–A mi mujer no le gusta tenerme muy lejos –admitió Steve, con evidente orgullo.

Dante hizo una mueca. La idea de ver su libertad restringida de ese modo le daba escalofríos.

–Oye, no desprecies el matrimonio hasta que lo hayas probado –protestó su amigo.

–No tengo la menor intención de probar –replicó

Dante, esbozando una sonrisa burlona–. Pero necesito una novia temporal y puede que la haya encontrado.

Mientras Belle se inclinaba para servir la cerveza, Dante admiró sus generosos pechos y, de nuevo, tuvo que cambiar de postura. Él no era un adolescente cachondo. ¿Por qué reaccionaba de ese modo?

Irritado consigo mismo, dejó un billete sobre la mesa y le dijo que se quedase con el cambio.

–Es demasiado –protestó ella, claramente incómoda.

–No seas boba, no tiene importancia –replicó Dante–. Me gustaría hablar contigo un momento cuando acabe tu turno.

–Estoy muy cansada, pienso irme directamente a la cama –respondió la joven.

–Espera un momento, no me despidas antes de saber lo que tengo que decirte –la urgió Dante–. Es posible que tenga un trabajo para ti, un trabajo que podría llevarte de vuelta a tu país.

Belle lo miró, sorprendida.

–¿Qué tipo de trabajo?

Dante apoyó la espalda en la balaustrada que rodeaba la terraza.

–Te lo contaré más tarde… cuando acabe tu turno.

Belle volvió a ruborizarse. Estaba tan seguro de sí mismo que la sacaba de quicio. Había lanzado el anzuelo y esperaba que lo mordiese. Bueno, pues no iba a hacerlo. ¿Qué tipo de trabajo podía ofrecerle aquel hombre? Un hombre rico como él usaría una agencia para contratar a cualquiera.

Por otro lado, no tenía razones para sospechar que fuese a ofrecerle algo inmoral. Ella no era precisamente irresistible, no era una de esas bombas sexuales por las que los hombres movían montañas. Ella solo recibía ofertas de chicos muy jóvenes, convencidos de que una extranjera podría ofrecer un revolcón más emocionante que las jóvenes de la zona.

Aunque tal vez Dante Lucarelli tenía un pariente anciano que necesitaba un cuidador. Pero incluso para ese tipo de trabajo habría gente más cualificada que ella. El destino la había forzado a hacer ese papel cuando su abuelo se puso enfermo. Había tenido que dejar los estudios para cuidar de él cuando le diagnosticaron una enfermedad terminal porque hubiera sido impensable no hacerlo cuando sus abuelos la habían querido y cuidado de ella desde que era un bebé.

Tracy, su madre, había sido una modelo a quien le gustaba la buena vida, pero el padre de Belle se negó a casarse cuando quedó embarazada y ella no tenía intención de ser una madre soltera que debía luchar para sobrevivir. La había dejado en casa de sus abuelos cuando solo tenía unas semanas de vida y solo se la llevó en una ocasión, cuando tenía catorce años, pero había sido un desastre porque los hombres eran lo primero en la vida de Tracy.

Entre los cinco y los catorce años, Belle no la había visto ni una sola vez. Seguía su vida con la ayuda de un mapa y alguna postal. Cuando, a los catorce años, Tracy se la llevó a vivir con ella... para devolverla a casa de sus abuelos unos días después, fue una decepción terrible. El amante de Tracy se le había insinuado y su madre lo había pillado *in fraganti*. Por supuesto, Tracy lo había perdonado, culpándola a ella por el pecado de haber llamado su atención. Después de eso, Belle no había vuelto a verla hasta el funeral de su abuelo, cuando Tracy volvió a casa solo para apoderarse de la herencia.

–Ya tienes edad para cuidar de ti misma –le había dicho cuando le pidió ayuda económica–. No me pidas nada más. Tu padre dejó de pagar la pensión hace cuatro años y ahora, por fin, también yo puedo librarme de ti.

Sin embargo, Belle había sacrificado muchos años de su vida, y su educación, para cuidar de su abuelo. Y también había ahorrado todo lo posible para que Ernest, su abuelo, no tuviera que vender la casa para pagar una residencia.

Por supuesto, a Tracy no le importaba nada de eso. Había vendido todo lo que podía ser vendido y la había dejado sin un céntimo y durmiendo en el sofá de un amigo en Londres. Por eso, el puesto de trabajo con la señora Devenish le había parecido un regalo caído del cielo.

Necesitaba un sitio en el que vivir y Londres era una ciudad carísima. Además, la idea de trabajar fuera del país le había parecido una aventura. Había aceptado pensando que solo tendría que cocinar, limpiar y acompañar a la anciana. Creyó que tendría tiempo libre para explorar la zona y no se le ocurrió que terminaría atrapada, trabajando veinticuatro horas al día en un aburrido pueblo en el que ni siquiera había un café.

Cuando terminó su turno miró hacia la playa y vio a Dante Lucarelli entre los pinos. ¿Estaba esperándola? Por supuesto, iba a preguntarle en qué consistía ese trabajo. No podía dejar pasar la oportunidad de volver a casa porque el restaurante cerraría en cuanto terminase el verano, ¿y qué haría entonces? Ni siquiera tenía permiso de residencia. Al menos en Londres podría pedir las prestaciones por desempleo si no tenía más remedio.

Después de despedirse de sus compañeros, y con Charlie siguiéndola, Belle bajó a la playa. Dante era solo una silueta oscura bajo los árboles, pero cuando dio un paso adelante y la luna iluminó sus facciones Belle tuvo que tragar saliva. Tenía los ojos brillantes y la sombra de barba acentuaba una boca tan… sensual. Belle sentía que le ardía la cara y, de repente, agradeció la oscuridad, sabiendo que estaba como un tomate de nuevo.

—¿Belle es el diminutivo de algo? —le preguntó él, a modo de saludo.

—De Tinkerbelle —admitió ella, a regañadientes—. Desgraciadamente, mi madre pensó que era un nombre simpático para una niña, pero mis abuelos siempre me llamaron Belle. Belle Forrester.

—¿Tinkerbelle? Eso es de una película, ¿no?

—De Peter Pan —respondió Belle, haciendo una mueca—. Tinker Bell era el hada con alitas.

—Imagino que si tuvieras alas habrías vuelto volando a tu casa —comentó Dante, burlón.

—Sí, claro. Bueno, el trabajo del que me has hablado…

—El trabajo es algo inusual, pero totalmente legal —le aseguró él, ofreciéndole su mano—. Mi nombre es Dante Lucarelli.

—Sí —murmuró Belle, rozando apenas sus dedos—. Me lo ha dicho mi compañero.

—Bueno, háblame de ti.

—No hay mucho que contar. Tengo veintidós años y dejé los estudios a los dieciséis, pero me gustaría retomarlos cuando vuelva a Londres. Es necesario tener un título para ganarse la vida.

—¿Por qué dejaste los estudios?

–Tuve que cuidar de mi abuelo cuando se puso enfermo –Belle se dejó caer sobre un banco bajo los árboles–. Cuando él falleció, vine a trabajar aquí. Cuidaba de una anciana inglesa, pero la pobre murió hace unos meses.

Dante se apoyó en el tronco de un árbol, aparentemente relajado mientras ella estaba más tensa que nunca.

–¿Cuidar ancianos es lo que quieres seguir haciendo?

–No, en absoluto. Creo que ese tipo de trabajo es vocacional y yo no tengo vocación.

–Ah, muy bien –murmuró Dante, algo sorprendido por su actitud seria y profesional. En realidad, había esperado que tontease con él. En su experiencia, todas las mujeres lo hacían si creían tener alguna oportunidad, pero Belle no hacía el menor esfuerzo–. Puede que tampoco tengas vocación para lo que voy a ofrecerte, pero te pagaría bien y podrías volver a Gran Bretaña.

–¿En qué consiste el trabajo?

–Necesito una mujer que esté dispuesta a hacerse pasar por mi novia. Solo tendrías que fingir que lo eres, por supuesto –le aseguró Dante–. El trabajo durará un par de semanas y luego podrás hacer lo que quieras con el dinero que estoy dispuesto a pagarte.

Belle se quedó boquiabierta. ¿Hacerse pasar por su novia? Desde luego, no se le había ocurrido tan extraña posibilidad.

–Pero si no me conoces de nada –protestó débilmente cuando por fin encontró su voz.

–¿Y por qué tendría que conocerte? Steve me ha dicho que eres de confianza. Solo es un trabajo, un papel si quieres llamarlo así. Es algo temporal por lo que recibirías una recompensa económica que, al parecer, necesitas.

–Pero para fingirme tu novia tendría que saber cosas sobre ti y somos dos extraños.

–Supongo que solo es cuestión de responder a unas cuantas preguntas –dijo Dante, sin vacilación.

–Pero… yo no te conozco de nada. No puedo hacer eso.

–Mira, Belle, te ofrezco el trabajo precisamente porque eres una extraña. Después, desaparecerás de mi vida sin ningún problema. No te pegarás a mí, ni creerás que tengo ninguna obligación para contigo. Y tampoco pensarás que te debo nada o que eres especial para mí. Esto solo sería un trabajo, nada más.

Ella lo miró, perpleja.

–¿No me digas que las mujeres te persiguen?

Dante esbozó una sonrisa.

–Ha sido un problema en el pasado, sí.

–Yo no suelo pegarme a nadie –dijo Belle, maravillándose ante el impacto de esa sonrisa–. Pero aún no me has explicado por qué necesitas una novia falsa.

–Y no voy a contarte nada más hasta que me digas que aceptas el trabajo –replicó él, impaciente–. Piénsalo, Belle. Nos veremos mañana a las once y entonces me darás tu respuesta. Pero te advierto que soy un jefe exigente. Si aceptas el trabajo, tendrás que aceptar también mis exigencias y eso significa, por ejemplo, un vestuario nuevo.

–Pero…

–Lo compraré yo, por supuesto. También tendrás que dejar de morderte las uñas y librarte del perro. No me gustan los perros.

Belle escondió las uñas en las palmas de las manos, avergonzada. Se había dado cuenta, pensó. Siempre rezaba para que nadie se diese cuenta de que tenía esa mala costumbre. Nerviosa, alargó la otra mano para sentar a Charlie sobre sus rodillas, arena de las patas y pelo volando en todas direcciones.

–No puedo dejar a Charlie, lo siento.

–Puedes dejarlo en una residencia canina durante el tiempo que dure el acuerdo.

–No puedo hacerlo. Si lo dejo solo en un sitio que no conoce se morirá de miedo –insistió Belle, abrazando al animal como si fuera un peluche.

–No es un niño –replicó Dante, exasperado.

–Es mi única familia –insistió ella–. No, lo siento, pero no puedo separarme de Charlie.

–Piénsalo –insistió él–. Vamos, te acompaño a tu caravana.

–No es necesario –dijo Belle, levantándose del banco–. Solo está a unos metros de aquí.

–Yo decido lo que es necesario, no tú –replicó Dante, pensando que tanta emotividad podría ser un problema.

Cristiano también había sido una persona emotiva, por eso había sufrido tanto en la vida. Además, su hermano había dejado atrás dos chihuahuas histéricos, Tito y Carina, que Dante había llevado a una lujosa residencia canina, donde los visitaba una vez al mes. No era lo mismo que llevárselos a casa, pero era lo máximo que podía ofrecer a unos perros mimados que nunca habían sido tratados como perros y que seguramente ni siquiera sabían que eran perros.

Belle tomó aire.

–¿No crees que tal vez te ves obligado a contratar una novia porque eres un poquito grosero?

–No estoy acostumbrado a que me insulten –dijo él, encogiéndose de hombros.

–Será porque nadie se atreve a decirte la verdad.

–Nadie se atreve a insultar a los ricos –replicó Dante con cínica convicción, deteniéndose al lado de una rústica caravana bajo los árboles y maravillándose de que alguien pudiese vivir en el desportillado vehículo–. Nos veremos en el bar a las once. Hasta mañana.

Capítulo 2

BELLE estuvo despierta hasta muy tarde en su estrecha litera, dándole vueltas a la situación y haciendo una lista con preguntas importantes que debería haber hecho esa noche y otra lista de los pros y los contras en la que no podía poner casi nada porque, en realidad, no sabía casi nada sobre la situación.

–¿Qué te parece? –le preguntó a Charlie, tumbado a su lado–. No confiamos en las personas a las que no les gustan los perros, ¿verdad? ¿Crees que estoy siendo injusta? En fin, Steve es una persona encantadora y es amigo de Dante, eso tiene que contar a su favor.

Por la mañana, armada con las listas y ataviada con unos vaqueros cortos y un top de flores, llegó al restaurante y empezó a preparar las mesas para el almuerzo.

Moviendo las caderas al ritmo de la música, Belle empezó a colocar platos y servilletas mientras se preguntaba si Dante sería capaz de entender lo que sentía por su perro. Charlie había sido el perro de la señora Devenish, pero era ella quien cuidaba del cachorro desde el principio porque la mujer no podía hacerlo. Por eso se había quedado con él cuando murió. Además, ella no tenía familia. No podía contar con su padre, al que solo había visto una vez, ni con Tracy, que no había seguido en contacto después de la muerte de sus abuelos. Charlie, un terrier bobo y desaliñado, se había convertido en su familia. No era el perro más listo del mundo, pero era alegre y cariñoso y, sobre todo, era un consuelo cuando se sentía sola.

Después de un desayuno soportando pataletas y gritos, Dante no estaba de humor para distraerse y lo primero que vio cuando llegó al restaurante fue el trasero de Belle moviéndose al ritmo de la música. Tenía un trasero precioso, redondo y firme, y cuando bailaba era una obra de arte. Exactamente lo que querría ver un hombre. Aunque él no pensaba hacer nada al respecto, se dijo a sí mismo, porque como jefe sería inmune a sus encantos. Él no tenía relaciones con sus empleadas. Por tentado que se sintiera, nunca cometería ese error.

–Hola, Belle. Siéntate un rato conmigo.

–No puedo, tengo que trabajar –dijo ella, poniéndose colorada solo con mirarlo.

–He hablado con tu jefe y tienes una hora libre para hablar conmigo –insistió Dante.

–Pero esta es la peor hora del día –protestó ella–. Vienen muchos clientes y…

–Yo voy a pagar por esa hora –la interrumpió Dante.

El dinero era lo único que contaba y ella lo sabía. Había aceptado eso mucho tiempo atrás. Los ricos podían saltarse las reglas y dar órdenes, de modo que se sentó frente a él, pero levantó la barbilla en un gesto de desafío.

–Pensé que vendrías un poco antes.

–Me he dormido –le confesó Dante–. Ayer hice un viaje muy largo para llegar aquí.

Belle estuvo a punto de decir que, sin duda, habría viajado en un lujoso avión, que él no podía saber nada de los rigores de los viajes baratos, pero se mordió la lengua. Ella sabía mantener la boca cerrada cuanto tenía que hacerlo. Y sabía servir las mesas en respetuoso silencio, por groseros o antipáticos que fuesen los clientes. Esa era una ventaja del trabajo de camarera, que te enseñaba a ser humilde.

–Supongo que has pensado en el trabajo que te ofrecí –Dante esbozó una sonrisa cuando el compañero de Belle llevó dos tazas dc café a la mesa.

–Sí, claro –respondió ella, echando azúcar en su café–. Pero antes de aceptar tendrás que explicarme exactamente en qué consistiría.

Dante tomó aire y la camiseta de algodón se pegó a los fuertes músculos de su torso. Para no verlo, Belle miró su cara, pero su estómago dio un vuelco cuando los deslumbrantes ojos dorados se clavaron en los suyos.

–En dos semanas, una pareja se alojará en mi casa durante un par de días, Eddie y Krystal Shriner –empezó a decir Dante–. Quiero hacer un negocio con Eddie y el problema es Krystal, con quien mantuvc una breve relación hace cuatro años. Por alguna razón, sigue interesada en mí y no quiero que flirtee conmigo delante de su marido porque eso destruiría cualquier posibilidad de firmar un acuerdo que es muy importante para mí.

–¿Krystal es una de esas mujeres que te persiguen? Dante asintió.

–Vivir con otra mujer es la única precaución que puedo tomar. Tu presencia le fastidiará, pero si cree que he encontrado a alguien con quien sentar la cabeza dejará de molestarme. Krystal no se arriesgará a perder a Eddie hasta que tenga a mano un sustituto.

Belle hizo una mueca.

–¿Puedo preguntar cuánto tiempo estuviste con esa mujer?

–Un fin de semana –respondió Dante.

–¿Un fin de semana? –repitió ella, incrédula–. ¿Y has tenido tantos problemas con ella después de un fin de semana?

–No he dicho que Krystal sea una persona muy normal –dijo él, encogiéndose de hombros.

–¿Y se alojarán en tu casa de Londres?

–No, en Londres no. En Italia.

–¿No habías dicho que me llevarías de vuelta a Londres?

–Cuando el trabajo termine podrás ir donde quieras, pero si aceptas tendremos que ir a París a comprar ropa. No puedes hacerte pasar por mi novia con ese atuendo. Luego iremos a Italia, donde te familiarizarás con mi casa y con mi estilo de vida. En cuanto Eddie y Krystal se hayan ido, el trabajo habrá terminado y serás libre para hacer lo que quieras.

Belle hizo una mueca. El ofrecimiento de comprarle ropa le recordaba las lucrativas y más bien sórdidas relaciones de su madre con los hombres. Tracy era algo así como una amante profesional y sus numerosas conquistas pagaban por sus caros vestidos, joyas y cruceros. Belle se había sentido avergonzada cuando por fin descubrió la verdad y no le sorprendía que su padre hablase con tal desdén de ella, refiriéndose a

Tracy como una buscavidas, pero se alegraba de que sus abuelos nunca lo hubieran sabido.

–¿Entonces el trabajo duraría solo un par de semanas?

–Así es.

Belle metió una mano en el bolsillo y sacó una de las listas que había hecho por la noche.

–Tengo varias preguntas que hacer, si no te importa.

–No, claro, qué remedio –asintió Dante, extrañamente fascinado al ver que se mojaba los labios con la punta de la lengua.

De inmediato imaginó esa lengua recorriendo su cuerpo y tuvo que apretar los dientes, furioso por su falta de disciplina. Debía reconocer que estaba mal acostumbrado porque era raro conocer a una mujer a la que no pudiese tener.

Pero Belle trabajaría para él, iba a pagarle un sueldo. Mezclar el sexo con ese acuerdo sería una complicación innecesaria.

Belle empezó a leer la primera pregunta:

–¿Por qué no tienes ninguna amiga que esté dispuesta a hacer esto por ti?

–La tengo, pero cambió de opinión a última hora por una cuestión de orgullo. Quería un anillo de compromiso y yo no estaba dispuesto a llevar esto tan lejos –admitió Dante tranquilamente.

–Vaya, parece que las mujeres te persiguen –comentó Belle, con tono irónico.

Él se encogió de hombros.

–¿Qué más quieres saber?

–Charlie es muy importante para mí.

–¿Charlie? ¿Quién es Charlie?

–Mi perro. Lo conociste anoche.

–Es un perro, no una persona, así que no lo conocí –replicó Dante–. La residencia canina de la que te hablé anoche no está lejos de casa y allí lo cuidarán estupendamente. Lo sé porque llevan un año cuidando de los dos perros de mi difunto hermano.

Ella lo miró, consternada.

–¿Has dejado a los perros de tu hermano en una residencia? ¿Por qué no los has llevado a tu casa?

–No me gustan los perros –respondió él, impaciente–. Y no puedo creer que estemos manteniendo esta estúpida conversación. Si quieres llevarte a tu perro, de acuerdo, pero lo enviaremos a Italia. No pienso llevarlo a París.

Belle decidió no insistir. Dante parecía pensar que estaba siendo extraordinariamente generoso al hacer esa concesión y no quería perder el trabajo.

–Aún no me has dicho cuánto vas a pagarme –dijo entonces, incómoda.

–¿Cuánto ganaste el año pasado? –le preguntó Dante, irritado.

Belle era una criatura extraña, pensó, emotiva y demasiado apegada al perro, pero esas peculiaridades podrían hacerla más convincente para el papel que debía interpretar.

Belle se aclaró la garganta antes de decirle la cantidad.

–¿En serio, nada más? –preguntó él, sorprendido.

–Cuando vives en la casa te pagan menos.

–Multiplica esa suma por cincuenta y eso es lo que te pagaré después de dos semanas –anunció Dante entonces.

–¿Por cincuenta has dicho? No puedes pagarme

tanto y, además, comprarme ropa – arguyó Belle, asombrada–. Es una barbaridad.

–Eso es lo que estoy dispuesto a pagar y me parece una cantidad razonable –insistió Dante–. Y si haces bien tu papel, recibirás una bonificación.

Belle estaba atónita. Con ese dinero podría tener una oportunidad en la vida por primera vez. Podría alquilar un apartamento en Londres y hacer algún curso. De hecho, podría hacer mil cosas. Se sentía un poco avergonzada, pero esa oferta hizo que olvidase los miramientos. Ese dinero cambiaría su vida y, además, no tenía nada que perder.

–Sería como si me hubiese tocado la lotería –murmuró.

–Yo soy la lotería que te ha tocado. Empieza a meterte en el papel, Belle. Lo que estoy dispuesto a pagar es poco comparado con la vida que vas a disfrutar conmigo. Eso es lo que debes pensar.

–No sé si será fácil vivir contigo –murmuró ella, torciendo el gesto.

Dante estuvo a punto de decir que tenerla viviendo bajo su techo, invadiendo su querida intimidad, no sería precisamente fácil para él, pero decidió morderse la lengua.

–Me encargaré de organizar el transporte del perro y vendré a buscarte mañana.

–¿Mañana, tan pronto?

–No hay tiempo que perder y no creo que tengas muchas cosas que guardar. Dame tu número de teléfono, te enviaré un mensaje para decirte a qué hora nos vamos.

Mientras Dante se alejaba en la moto, Belle lo miraba, incrédula. Volvió a servir las mesas pensando que era increíble, pero su vida iba a cambiar de la mañana a la noche.

Y él estaba en lo cierto, no tenía muchas cosas que guardar, solo la ropa y algunas posesiones. Aunque bañaría a Charlie y lo cepillaría bien para que no lo confundiesen con un perro callejero. Y limpiaría la caravana antes de devolverle la llave a su jefe.

Cuando Dante fue a buscarla a la mañana siguiente, Belle estaba deshecha en lágrimas y el empleado con la jaula de transporte esperaba sin saber qué hacer. Por suerte, él no tenía tales escrúpulos.

—Despídete del perro, Belle. Solo serán unos días.

—Pero es que está asustado —protestó ella, temblando—. Nunca ha estado encerrado en una jaula.

—¿Cómo piensas llevártelo a Inglaterra? En algún momento tendrá que acostumbrarse a estar en una jaula y este viaje le servirá de práctica.

Por fin, acobardado, Charlie entró en la jaula y, conteniendo un sollozo, Belle firmó la documentación.

—Pobrecito, está muerto de miedo —murmuró, angustiada.

—Sí, es una pena —asintió Dante, pensando que Charlie debería estar en un escenario porque, desde luego, sabía trabajarse al público—. Cálmate, volverás a verlo en un par de días.

Belle se percató entonces de que Dante tenía un aspecto diferente. Ya no llevaba vaqueros sino un elegante traje de chaqueta gris que destacaba a la perfección sus anchos hombros.

—Estoy calmada, es que me da pena —le dijo, a la defensiva.

–Llorar en público es inaceptable a menos que se trate de un funeral o una boda. Llorar por despedirte de un perro durante dos días no tiene sentido –replicó él mientras le daba la maleta al conductor.

Fueron a toda velocidad al aeropuerto de Toulouse-Blagnac y, cuando subieron al avión privado, Belle se quedó atónita al ver el suntuoso interior, con asientos de piel en color ostra. Una auxiliar de vuelo le ofreció una revista de moda y Belle intentó no mirar mientras flirteaba con Dante, sacudiendo la melena y sonriendo provocativamente.

Dante, sin embargo, no parecía afectado por el numerito. Concentrado en su ordenador portátil, ni siquiera levantó la mirada. Belle se preguntó si las mujeres siempre buscarían su atención con tal descaro y luego se dijo a sí misma que no era asunto suyo.

Era un hombre increíblemente atractivo, rico y sofisticado, algo tan extraño para ella como la nieve en verano. Sus hormonas estaban descontroladas y se sentía incómoda, como si su cuerpo estuviese traicionándola de un modo inesperado. Nunca se le había ocurrido que pudiera sentirse atraída por alguien que no le gustaba, o que una simple mirada pudiese hacer que sus pezones se levantasen bajo el sujetador. Esa debilidad era una revelación. Todo aquello era nuevo para ella, pero no era algo que la preocupase especialmente.

Estaba convencida de que nunca se dejaría llevar por la tentación porque sabía muy bien que el sexo no significaba nada si no iba acompañado de sentimientos profundos. Las aventuras de su madre siempre eran breves y no habían curado su eterna insatisfacción. Además, Belle quería mucho más que un breve encuentro sexual o un lujoso estilo de vida. Ella quería amor, quería un hombre que la hiciese feliz y, cuando por fin lo encontrase, recrearía la familia que había perdido… o, más bien, la familia que no había tenido nunca.

Y no sería un hombre con fobia al compromiso como Dante, que veía a las mujeres como objetos y probablemente no quería saber nada de niños como no quería saber nada de perros. Sería un hombre normal, dispuesto a sentar la cabeza cuando conociese a alguien que le hiciese feliz.

–¿Has estado aquí alguna vez? –le preguntó Dante cuando llegaron a París y subieron a la limusina que los esperaba.

–No –respondió ella, mirando emocionada por la ventanilla.

–Pero llevas mucho tiempo en Francia, ¿no?

–Casi tres años.

–¿Y no has venido nunca a París?

–No podía dejar sola a la señora Devenish porque no podía cuidar de sí misma. Además nunca he tenido dinero para viajar.

–¿No tienes dinero, pero te has cargado con un perro?

–Charlie era el perro de la señora Devenish. Su sobrina se lo regaló cuando era cachorro y le gustaba tenerlo cerca, aunque no podía cuidar de él –le contó Belle–. La pobre estaba muy delicada, pero sus familiares no querían aceptarlo. Les gustaba venir aquí en verano y decían que yo estaba exagerando. El médico del pueblo les convenció de que tenía razón, pero para entonces solo le quedaban unas semanas de vida.

–Te dejaron sola y, además, te has quedado con el

perro –Dante sacudió la cabeza–. Tienes que aprender a defenderte, Belle.

Ella se encogió de hombros.

–No tenía otro trabajo ni dinero para ir a ningún sitio, pero no iba a dejar a Charlie tirado.

–No deberías haber llegado a esa situación.

–¿No acabo de hacer lo mismo contigo?

Dante frunció el ceño.

–¿Qué quieres decir?

–No tengo un contrato contigo. No me has dado garantías… y tienes a Charlie.

–No pensarás que voy a retener a Charlie como rehén, ¿no? O que voy a dejarte tirada en París –le espetó él, airado.

–No sé lo que podrías hacer. Los que no tienen nada no pueden cxigir nada, así que debo arriesgarme a confiar en ti.

Dante dejó escapar el aliento, incómodo. No le gustaba que le dijesen las verdades a la cara, pero tenía razón.

La limusina se detuvo frente a uno de los hoteles más conocidos de París y Belle miró sus viejas botas vaqueras sintiéndose avergonzada. Cuando entró en el fabuloso vestíbulo, casi resbalando en el pulido suelo de mármol, tuvo que tragar saliva. Nunca se había sentido más avergonzada por su aspecto y casi esperaba que el conserje pusiera una mano en su hombro para preguntarle dónde iba.

–Te has quedado muy callada –comentó Dante mientras subían en el ascensor–. Esta tarde tenemos muchas cosas que hacer.

–¿Qué cosas?

–Para empezar, visitar un spa para hacerte un tratamiento de belleza. No me preguntes qué incluye, no tengo ni idea –respondió él–. Le he dicho a mi ayudante que necesitas un cambio de imagen, especialmente en las uñas. Me temo que ir perfectamente arreglada va con el trabajo.

–Y yo me temo que tendrás que soportar las uñas mordidas –dijo Belle–. No puedo evitarlo.

–Si lo pidiera, te cortarían las manos y te pondrían unas nuevas –replicó él, irónico.

Belle palideció. Estaba tan nerviosa que quería morderse las uñas en ese momento, pero temía la reacción de Dante si sucumbía a la tentación.

Las puertas del ascensor se abrieron y un hombre con chaqueta blanca los recibió prácticamente haciendo reverencias.

–Nuestro mayordomo –dijo Dante–. Puedes pedirle lo que quieras.

Atónita, Belle entró en la enorme suite y fue directamente al balcón. Maravillada, se apoyó en la balaustrada de hierro forjado para admirar la silueta de la torre Eiffel, los tejados de cristal del Grand Palais y la torre de la catedral de Nôtre Dame.

–¿Señorita?

Belle dio media vuelta. El mayordomo, que había aparecido con una bandeja, estaba ofreciéndole una copa de champán y estuvo a punto de pellizcarse para ver si estaba soñando.

Con la copa en la mano, subió por la escalera hasta su dormitorio, que era lo último en glamour, desde las paredes forradas de tela a las molduras del techo, el suave e invitador edredón o el sofá de terciopelo en un sutil tono verde amarillento. Belle entró en el cuarto de baño y se llevó una pequeña decepción al ver que solo tenía una ducha, aunque era tan grande que ocupaba la mitad de la habitación.

Cuando bajó de nuevo al salón habían servido el almuerzo y una joven con un estiloso traje de chaqueta estaba sentada a la mesa.

–Belle, te presento a mi ayudante, Caterina. Ella se encargará de ti porque yo tengo que irme a una reunión.

Mientras comían, Dante y su ayudante hablaban en italiano. Sus ojos brillaban como el oro bajo la luz del sol que entraba por el balcón y cada vez que la miraba se le hacía un nudo en la garganta. Estaba tan nerviosa que, sin darse cuenta, se llevó una mano a la boca para morderse las uñas… pero fue interrumpida por una mirada de advertencia.

–Hazlo y te meteré las manos en cuencos de agua helada –la amenazó Dante.

Colorada, Belle dejó caer la mano sobre su regazo.

–No me hables así –le advirtió–. No soy una niña.

–Tienes que aprender –insistió él, mientras Caterina observaba la escena con aparente fascinación–. Esta noche saldremos a cenar… –Dante se volvió hacia su ayudante–. Asegúrate de que esté presentable para las cámaras.

–¿Qué significa eso? –preguntó Belle.

–Que tienes que estar perfecta porque habrá paparazzi esperando.

–La vida social de Dante siempre es noticia en Italia –le contó su ayudante.

Después de comer, Caterina la llevó al spa, donde Belle soportó un tratamiento de belleza detrás de otro. Se miró las uñas postizas, largas y en forma de media luna, pintadas en un color rosa pálido, casi invisible.

No debía haberle quedado un solo pelo en todo el cuerpo, aparte de las cejas y la melena. Los tratamientos concluyeron con una visita del peluquero, que criticaba sin parar su pelo dañado por el sol y luego, rápida y eficazmente, transformó los intratables rizos en una melena lisa como la seda.

De vuelta en su dormitorio fue recibida por tres mujeres que le hicieron probarse todo tipo de vestidos, pantalones y conjuntos de ropa interior mientras le hablaban sobre la importancia de un buen fondo de armario y discutían entre ellas sobre los colores y los diseñadores que más le iban.

Belle nunca había visto nada parecido. Todos los vestidos eran preciosos, carísimos seguramente. Pero, considerando que solo tendría que hacer el papel de novia de Dante durante un fin de semana, no podía entender tal cantidad de ropa. Aquello era demasiado extravagante, pensó.

Pero cuando se probó un vestido de color azul brillante y se miró al espejo dejó de hacerse preguntas. Parecía especialmente diseñado para ella, con finos tirantes en los hombros y un sujetador invisible que contenía sus exuberantes pechos. Cuando se puso unas sandalias de peligroso tacón alto parecía más alta, más delgada, menos pechugona. Parecía otra.

Contenta con su nuevo aspecto, tomó el bolso a juego con las sandalias y bajó al salón.

–Muy elegante –comentó Dante con tono de aprobación mientras bajaba por la escalera.

Y, sin embargo, sentía cierta decepción. Se dio cuenta, sorprendido, de que le gustaba más con los rizos y la excéntrica ropa juvenil. Sin ninguna duda, Belle estaba más guapa que la primera vez que la vio, pero por alguna razón inexplicable le parecía más sexy con su estilo natural.

–Lo pagas tú –dijo Belle, encogiéndose de hombros.

–No pienses en eso. No tiene importancia.

Dante estudió las largas y bien torneadas piernas y se imaginó acariciando esos muslos…

De inmediato, intentó borrar esa imagen y contener el calor en su entrepierna porque no iba a dejarse llevar por tan peligroso impulso. Por supuesto, tendría que tocarla. Estaban haciendo el papel de novios y debía haber contacto físico para dar una impresión convincente, pero sería un contacto mínimo.

Mientras bajaban en el ascensor, el brillo de los ojos de Dante hacía que sintiera escalofríos. Notaba un latido extraño entre las piernas y sus pechos parecían querer escapar del sujetador. Pero solo era una estúpida atracción sexual, se dijo a sí misma, intentando quitarle importancia mientras subían a la limusina.

Sin embargo, cuando lo miró en el oscuro interior del coche, el brillo de sus ojos dorados le provocó un escalofrío.

Dante tomó aire. ¿Cómo iban a fingir que eran amantes si aún no la había tocado?, se preguntó.

Sin pensarlo dos veces, tiró de su mano para envolverla en sus brazos y Belle no protestó cuando se apoderó de sus labios.

Estaba experimentando sensaciones nuevas, emociones que no había sentido nunca. No se dio cuenta de que ponía las manos en su torso, no percibió que le había echado los brazos al cuello. Dante deslizó la lengua entre sus labios, explorándola, y Belle se olvidó de todo.

Nadie la había hecho sentir aquello en toda su vida y era tan inesperado, tan excitante como una avalancha.

–Mal momento –musitó Dante cuando ella apoyó una mano en su muslo, peligrosamente cerca de la cremallera del pantalón, que amenazaba con estallar. Por primera vez en su vida, deseaba que una mujer tomase la iniciativa y esperó un segundo, pero Belle no hizo nada–. Puedo decirle al conductor que dé unas cuantas vueltas…

La sugerencia asustó a Belle. Nerviosa, se pasó la lengua por los labios hinchados, todo su ser concentrado en el deseo de tocarlo y satisfacer el deseo que había aparecido de repente; un deseo que la hacía temblar, sudar.

–Pues…

–*Madonna mia… ti voglio…* te deseo –dijo él con voz ronca, besándola de nuevo mientras apretaba su mano contra la parte de su cuerpo que más necesitaba esa atención.

Belle no apartó la mano. Al contrario, empujó un poco, trazando con dedos vacilantes el bulto marcado bajo la tela del pantalón. Pero aquel era un terreno tan poco familiar que no sabía qué hacer. Ella nunca había animado a ningún hombre, nunca había llegado hasta ese punto. Aquella tentación era algo nuevo para ella. Ningún hombre la había excitado de tal modo, ni le había hecho desear algo más que un beso, pero entre los brazos de Dante apenas era capaz de pensar con claridad.

–Pensé que íbamos a cenar –le dijo, intentando escapar de una situación que ella había ayudado a crear cuando debería haberse apartado.

–Podemos volver al hotel –dijo Dante con voz ronca.

–El sexo no es parte del acuerdo –le recordó Belle.

–Claro que no –murmuró Dante, entrelazando sus dedos–. Pero lo que decidamos hacer aparte del contrato es asunto nuestro.

–Sí, bueno, no creo que debamos ser… tan cariñosos –dijo ella, soltando su mano.

–Tiene que haber cierto grado de familiaridad entre nosotros o nadie creerá que somos amantes.

Tenía razón y Belle se enfadó consigo misma por no haber pensado en ese aspecto de la fingida relación.

–Pareces nerviosa –dijo Dante, escudriñando su rostro con el ceño fruncido–. ¿Qué ocurre?

–La verdad es que… contigo no sé muy bien dónde estoy.

–¿En qué sentido?

–Yo tengo poca experiencia –admitió ella–. Seguramente debería habértelo dicho antes.

–¿Cuánta experiencia es «poca experiencia»? –le preguntó Dante.

–Prefiero no hablar de eso.

–¿Por qué? La verdad es que yo prefiero compañeras de cama con experiencia.

–Sí, bueno, entonces no hay nada que hacer –dijo Belle, aliviada–. Porque yo no… aún no he tenido esa experiencia.

Él la miró, atónito.

–No me digas que eres virgen.

La puerta de la limusina se abrió entonces, tomándolos por sorpresa. Ninguno de los dos se había dado cuenta de que habían llegado a su destino y, por suerte, Belle no tuvo que responder.

Intentó salir del coche con cierta dignidad, pero los destellos de las cámaras la cegaron. Por suerte, Dante tomó su mano para ayudarla mientras ella tiraba discretamente del bajo del vestido.

En el abarrotado vestíbulo, ignorando la presencia de los fotógrafos, Dante la miró con expresión seria.

—No me digas que eres…

La segunda pesadilla de Belle se hizo realidad al escuchar esas palabras. Se sentía mortificada y sabía que se había puesto colorada hasta la raíz del pelo.

—Y una virgen que se ruboriza, además —murmuró Dante, incrédulo—. Eres una leyenda urbana, como los unicornios.

Capítulo 3

NO QUIERO seguir hablando de esto –dijo Belle, acalorada, mientras entraban en el restaurante y el maître los llevaba a una mesa algo apartada.

–¿Por qué no? Tenemos que conocernos y eso es algo que yo debería saber –replicó Dante.

–No entiendo por qué. Estamos fingiendo, ¿no?

–¿Y tú qué sabes de fingir?

–Déjalo ya –le advirtió Belle, con los dientes apretados–. Si no dejas de abochornarme, voy a estar como un tomate toda la noche.

–Pero podrías habérmelo dicho –insistió él, mientras repasaba la carta de vinos y le hacía un gesto al sumiller.

–¿Por qué te lo habré contado?

–Me siento engañado. Es como si estuviera a punto de lanzar a un bebé a un nido de serpientes –dijo Dante, frustrado, preguntándose si había elegido a la mujer equivocada–. No puedes fingir que eres mi amante si no tienes ninguna experiencia. ¿Cómo vas a hacerlo?

–No hay que acostarse con nadie para ser sexy –replicó Belle–. Hace cinco minutos te has lanzado sobre mí…

–Si me hubiera lanzado sobre ti seguiríamos en la

limusina y yo no necesitaría una ducha fría —la interrumpió él—. Solo te he besado. Nada de exageraciones virginales.

—¡Deja de usar esa palabra! —le espetó ella, refugiándose tras la enorme carta y eligiendo a toda prisa, desesperada por cambiar de tema—. Ojalá te hubiese mentido.

Cuando el camarero tomó nota y los dejó solos, Dante se echó hacia atrás en la silla, mirándola con curiosidad.

—Dime por qué. ¿Es una cuestión religiosa?

Belle negó con la cabeza.

—Mis abuelos no me animaban a salir con chicos porque vivíamos en una zona algo peligrosa y les preocupaba mi seguridad. Luego tuve que cuidar de mi abuelo y de la señora Devenish… en fin, no fue una decisión consciente, solo falta de oportunidades. Y eso es todo lo que voy a decir sobre el tema.

—No estoy satisfecho —dijo Dante.

—No es asunto tuyo —protestó ella.

—Tú has hecho que sea asunto mío.

—¿Por qué?

—Al parecer, eres una de esas mujeres que decide mantenerse casta y pura como la nieve hasta el matrimonio.

—No he dicho que me esté reservando para el matrimonio —protestó Belle—. No es así, pero prefiero esperar hasta que tenga una relación seria.

—Yo no ofrezco relaciones serias.

—Ni yo te la he pedido. Además, trabajo para ti, así que no debes preocuparte. No habrá más besos.

Dante intentó recordar que también él había decidido desde el principio que no se acostaría con Belle, pero desde que la tocó en la limusina algo había cambiado. Se veía obligado a reconocer que la deseaba y todas sus reservas se habían esfumado. Era absurdo, pero no quería que Belle estuviera fuera de su alcance, no quería saber que solo se acostaría con un hombre si tenía una relación seria con él. Además, seguía preguntándose si Krystal, una mujer que exudaba sensualidad, se creería esa relación.

—Estoy esperando conocer al hombre adecuado —le confesó Belle, esperando diluir la tirantez con esa admisión.

—¿Y cómo sería ese hombre? —le preguntó Dante.

—Alguien que se parezca a mí. Mira, no quiero seguir hablando de esto. Es demasiado privado, demasiado personal —dijo ella abruptamente.

Dante hizo una mueca.

—Supongo que tendrá que ser un hombre que adore a los perros.

—Eso no sería lo más importante. Además, entiendo que un hombre no puede cumplir todas mis expectativas.

—Supongo que tendrás que hacer una lista —dijo él, irónico—. Como una lista de la compra.

—No te rías de mí —le espetó ella, levantando la barbilla.

Comieron el primer plato en silencio y cuando llegó el segundo, Belle estaba un poco más relajada. No quería darle vueltas a lo que Dante pensaría de ella porque no era importante. Como una estrella fugaz, Dante Lucarelli solo estaría en su vida durante un breve instante y sería una tontería preocuparse por su opinión.

Daba igual, se dijo a sí misma con firmeza. Sin

duda, le parecería ingenua y anticuada, pero ella sabía lo que quería y no tenía la menor intención de disculparse por ello.

–Aún no me has contado nada sobre ti –le recordó Belle.

–Tengo veintiocho años –empezó a decir él–. Mi familia hizo una fortuna en la banca. Mi padre se casó con mi madre porque era la hija de un príncipe, como él. Dan mucha importancia a los títulos, aunque el gobierno italiano ya no los reconoce de forma oficial. Tuvieron dos hijos, uno que heredaría el título, el heredero, y el suplente. Yo era el suplente –le explicó Dante, haciendo un gesto de desdén–. Mi hermano soportó una gran presión para ser lo que mis padres querían que fuese, así que se dedicó al mundo de la banca porque se lo exigieron, aunque no era eso lo que él quería hacer con su vida.

–¿Y tú? –le preguntó Belle–. ¿Qué esperaban de ti?

–Apenas se fijaban en mí. Yo era sencillamente un recambio, en caso de que algo le ocurriese a mi hermano mayor –admitió Dante–. Y, trágicamente, ocurrió lo peor. Cristiano cometió un error con un fondo de inversiones en el banco y, sintiéndose incapaz de enfrentarse con las críticas de mis padres, tomó una sobredosis de pastillas… y murió.

El dolor que había en esa admisión había transformado sus facciones y a Belle se le encogió el corazón.

–Lo siento mucho –murmuró.

–¿Sabes lo que dijeron mis padres durante el funeral? Que Cristiano no debería haber sido el primogénito, que no estaba preparado para esa responsabilidad y que yo habría hecho mejor ese papel. No lloraron por él porque, en su opinión, era un bochorno para la familia y un desastre como ejecutivo.

–Qué horror –murmuró Belle, alargando una mano para apretar la suya sobre la mesa–. ¿Cómo pudieron decir algo así?

–Porque lo pensaban, así que no me sorprendió –respondió Dante–. Pero nunca superaré el sentimiento de culpa porque yo podría haberlo salvado.

–¿Cómo? –exclamo Belle.

–Podría haber intervenido, haberme hecho cargo del banco. Yo estaba mejor cualificado que mi hermano para ese trabajo. Podría haberme casado con la mujer que mis padres eligiesen, la mujer adecuada para engendrar la siguiente generación. En lugar de eso, hice lo que me dio la gana y lo abandoné a su suerte. Le aconsejé que lo dejase todo, que hiciera su vida, pero no me hizo caso. No tenía valor para hacerlo porque necesitaba desesperadamente la aprobación de mis padres.

–Nada de eso es culpa tuya, Dante. Tu hermano tomó la decisión de hacer lo que hizo, no tú. En cualquier caso, uno de los dos iba a ser infeliz y, como hermano mayor, Cristiano decidió asumir el papel que le había tocado –razonó Belle.

–Bueno, en fin… hablemos de algo menos doloroso –murmuró Dante, sorprendido por sus palabras y desconcertado al ver que los ojos de color violeta se habían empañado.

Belle era una chica muy sentimental, como lo había sido Cristiano, y por lo tanto vulnerable. Estar con ella era como asomar la cabeza por un parapeto y arriesgarte a recibir un golpe en la cabeza.

–Cuéntame dónde estudiaste –dijo Belle entonces–. Hablemos de cosas generales, las cosas que yo debería saber sobre ti.

El resto de la cena fue sorprendentemente agradable y cuando volvieron a la limusina Belle se sentía lo bastante serena como para ignorar a los paparazzi.

–¿Tu color favorito? –le preguntó.

–No tengo un color favorito.

–Todo el mundo lo tiene.

–Azul… vas vestida de azul –bromeó Dante, divertido por su interés en trivialidades como su cumpleaños o sus platos favoritos, nada de lo cual él consideraba ni remotamente importante–. El azul destaca el color de tus ojos. Son muy bonitos.

–Gracias.

–Voy a tener que comprarte joyas. Mi novia debe tener joyas.

Belle arrugó la nariz.

–No te gastes más dinero, por favor. Además, las dejaría aquí. No puedo aceptar joyas como parte del trato… a menos que sean falsas –sugirió entonces–. Ahora hacen copias muy buenas.

–¡No voy a comprarte joyas falsas! –exclamó Dante, mirándola con expresión incrédula–. *Madre di Dio*… no eres muy espabilada, ¿no?

–¿Qué quieres decir con eso?

–Una mujer que no tiene un céntimo nunca sugeriría que un hombre le comprase joyas falsas. Querría y esperaría joyas de verdad, aunque solo fuese para venderlas más adelante. Se llevaría todo lo que pudiese.

–No es mi intención llevarme todo lo que pueda –replicó Belle, poniéndose colorada–. Quiero volver a casa y empezar de nuevo. Y con lo que vas a pagarme será más que suficiente. Algo más sería excesivo…

–Permite que sea yo quien decida qué es excesivo –la interrumpió Dante, mirando la satinada piel de su garganta. Le gustaría besarla allí, deslizar la boca hasta la suave curva de sus labios. Esos generosos y engañosos labios.

Era una mujer sensual, sexy, que no quería reconocerlo y estaba reservándose para un héroe, un hombre «perfecto» que la decepcionaría. Pensar que, sin la menor duda, iba a llevarse una decepción lo enojaba y se preguntó por qué cuando él veía la decepción como una de las pocas certezas de la vida.

Como su deseo por ella, pensó, irónico. Imaginó que una vez que la hiciese suya dejaría de desearla. Siempre era así. ¿Y no era por eso precisamente por lo que debería dejarla en paz?

Frunció el ceño porque esa cuestión moral le recordaba a su hermano, que siempre había sido más idealista y compasivo que él. ¿Qué había tenido en común con Cristiano, aparte de la sangre que corría por sus venas?

Capítulo 4

ME APETECE tomar una copa –anunció Dante cuando entraron en la suite–. ¿Quieres una?

–No, gracias –respondió Belle, mirando alrededor–. Me pregunto qué estará haciendo Charlie.

–Charlie está bien, no te preocupes. Hace un rato recibí un mensaje con una foto. Ha comido bien y está dormido. Iba a decírtelo, pero…

Dante sacó el móvil del bolsillo y Belle corrió para ver la fotografía de Charlie hecho una bolita, el hocico sobre la cola, tumbado en una camita acolchada.

–Parece triste –comentó, suspirando–. ¿Tienes fotos de los perros de tu hermano?

–Me temo que no.

–¿Por qué no has intentado darlos en adopción? –le preguntó Belle.

–Cristiano me dejó una carta. Quería que me los quedase.

–Sí, pero seguramente pensaría que ibas a llevarlos a tu casa –señaló ella–. Perdona, olvida lo que he dicho. Qué falta de tacto.

–Pero tienes razón –asintió Dante mientras se servía una copa–. Vete a la cama. Me apetece ahogar mis penas.

–No puedo dejarte solo estando tan triste –protestó ella, mirándolo con compasión.

–Pues claro que puedes. No soy un niño, no tienes que preocuparte por mí.

Belle se preguntó si alguna vez se habría sentido seguro del cariño de sus padres. Al parecer, los Lucarelli no eran personas muy afectuosas. Ella se había compadecido de sí misma por no contar con el cariño de sus padres. Sin embargo, siempre había tenido el de sus abuelos y eso la había compensado.

–Por lo que me has contado de él, no creo que tu hermano quisiera verte así –le dijo, insegura.

–¿Y qué sabes tú? –replicó Dante, desdeñoso.

–Nada –asintió ella–. Pero si era una buena persona, no habría querido que te sintieras culpable por algo que no habrías podido cambiar.

Eso era cierto, pensó Dante. Cristiano siempre había sido un optimista que odiaba pensar en las cosas tristes de la vida. Había hecho lo que consideraba su obligación, incluso había intentado ver la mejor cara de sus padres, tolerando y perdonando sus desprecios y sus continuas exigencias.

–Deja de mirarme con esos ojos tan tristes –le espetó.

–Solo quería animarte un poco –murmuró Belle.

–Vamos a la cama entonces. Te garantizo que eso me animaría –sugirió Dante, su voz ronca enredándose en su espina dorsal como una caricia.

Los brillantes ojos dorados la dejaban sin aliento, pero Belle sabía que aceptar sería un error.

–No creo que sea buena idea.

–Yo creo que sí –dijo Dante, tirando de ella–. Deberías haberte apartado cuando tuviste oportunidad de hacerlo.

Dante la tentaba como nadie y la sincera confesión

sobre su hermano lo había hecho parecer traidora-
mente humano y vulnerable, socavando su previa
aversión. Pero también le había enseñado una lección:
no debía sacar conclusiones precipitadas sobre la
gente ni pensar que los ricos no tenían sentimientos.

Alejarse de Dante Lucarelli hubiera sido lo más
sensato, pero verlo tan solo, tan afligido, le había roto
el corazón. Aunque no sabía qué podía hacer o decir
para animarlo.

Belle dio un paso atrás.

—Es mejor que no.

—Pero tú no quieres que te deje ir —murmuró Dante,
como un reto, mientras pasaba un dedo por los invita-
dores labios—. Bueno, no digas que no estás advert-
tida…

Se inclinó hacia delante para capturar sus labios y
Belle los abrió sin pensar, temblando, sintiendo como
si estuviese encendida por dentro. Quería más, sabía
que quería más y era incapaz de apartarse. No protestó cuando Dante la tomó en brazos para llevarla a
un sillón y la sentó sobre sus rodillas sin dejar de besarla. Una incandescente intensidad se apoderó de
ella cuando deslizó la lengua entre sus labios y exploró apasionadamente su boca.

—Me encanta tu sabor —musitó Dante, respirando
agitadamente—. Es peligrosamente adictivo.

Cuando empezó a acariciarla por encima del vestido, Belle tuvo que morderse los labios para no pedirle más. Nunca había deseado de ese modo las caricias de un hombre, pero un perturbador latido entre
las piernas la traicionaba con cada invasión de su lengua. Cuando metió una mano bajo el vestido y apartó
a un lado las bragas, Belle cerró los ojos y enredó los

dedos en su pelo negro. No sabía lo que estaba haciendo y en ese momento le daba igual. En realidad, solo temía que parase.

Y entonces la tocó, un mero roce con la punta de un dedo en el tenso capullo bajo el triángulo de rizos, y todo su cuerpo parecía electrificado. Levantó las caderas, apretándose contra él sin darse cuenta, dejándose llevar por una urgencia desconocida.

Dante se apartó un poco y ella dejó escapar un suspiro de protesta por ese momento de desconexión mientras él desabrochaba la cremallera del vestido y se libraba del sujetador con manos expertas para acariciar sus pechos, hinchados por sus caricias.

Dejando escapar un gruñido de deseo, Dante tomó un rosado pezón entre los labios y devoró el botín que había descubierto. Estaba fieramente excitado y vagamente divertido consigo mismo por jugar como un adolescente en lugar de conseguir satisfacción tan rápido como fuera posible.

Pero allí estaba, disfrutando con sorprendente satisfacción de las inexpertas respuestas de Belle, de sus inocentes gemidos y suspiros. Acarició la húmeda carne entre sus piernas con una caricia que casi la hizo estallar en llamas y después la exploró suavemente con un dedo, descubriendo que era más estrecha de lo que había esperado.

Belle se arqueó, jadeando impotente entre sus brazos, moviendo las caderas de modo instintivo cuando la presión en su pelvis se volvió insoportable. Parecía a punto de partirse por la mitad. Estaba ardiendo, excitada como nunca, cuando la invasión de sus dedos la envió al cielo. Se estremeció, convulsa, apretando las piernas mientras Dante la besaba de nuevo. Y, durante un momento que le pareció una eternidad, se quedó allí, entre sus brazos, relajada por fin, exhausta. Pero su cerebro empezaba a despertar y, asustada, se dio cuenta de lo que acababa de pasar.

Belle se levantó de un salto, clavando los ojos en esos brillantes ojos dorados.

—Esto no puede volver a pasar.

—La tercera vez que estés entre mis brazos te llevaré a la cama —murmuró Dante—. Te lo advierto, Belle…

—Tú sabes que no es eso lo que quiero —empezó a decir ella, con el rostro ardiendo porque no sabía cómo defender su comportamiento.

—Puede que no quieras reconocerlo, pero me deseas —afirmó Dante, totalmente seguro de sí mismo.

Y tenía razón, tuvo que reconocer Belle, tan mortificada que no se molestó en quedarse para discutir. Irguiendo los hombros, dio media vuelta para volver a su dormitorio y cerró la puerta, sintiendo un desolador vacío porque Dante seguía abajo y todas las células de su cuerpo lo querían a su lado.

Estaba aprendiendo que nada era blanco o negro como había creído hasta ese momento, que era imposible sofocar el deseo solo porque no quisiera sentirlo. Y su deseo por Dante era una tentación mucho más grande de lo que nunca hubiera imaginado. Cuando la besaba, cuando la abrazaba, se sentía mareada. Sin embargo, anhelar a un hombre que no querría saber nada de ella cuando terminase aquel acuerdo solo podía llevar a la infelicidad.

Aun así, por primera vez en su vida se cuestionaba si debía amar a un hombre para acostarse con él. Evidentemente, Dante no sentía nada por ella y la emoción que había despertado en ella su sincera confesión sobre la muerte de su hermano era peligrosamente engañosa.

¿Qué le estaba pasando? ¿La compasión había dado paso a un extraño e inesperado deseo de consolarlo y eso se había convertido en una invitación sexual? No había sido esa su intención y le molestaba no haber sido capaz de detenerlo.

El desconcierto por su propia conducta mantuvo a Belle despierta durante muchas horas. Estaba descubriendo cosas sobre ella misma que hubiera preferido no descubrir. Por mucho que lo intentase, no podía contener la atracción que sentía por Dante, era incapaz de mantener el control cuando estaba entre sus brazos. Lo único que podía hacer por el momento era estar en guardia e intentar no enviarle más señales conflictivas.

Dante se dio una ducha fría, preguntándose por qué no había llevado a Belle a su cama. Aunque, en realidad, estaba considerablemente más perturbado por otra razón: el encuentro con ella había sido más excitante que con cualquier otra mujer. Nunca le había pasado algo así. Belle lo excitaba como ninguna, pero en lugar de enfadarse con ella por haberse alejado sin darle la satisfacción que necesitaba, ya estaba anticipando el próximo encuentro. Y entonces tal vez sería él quien se alejase para darle una lección.

Dante sacudió la cabeza. No, imposible. Sabía que lo último que haría sería dar media vuelta. No tendría tanta fuerza de voluntad como para alejarse porque Belle lo encendía con el fiero deseo de poseerla.

¿Y por qué? ¿Qué tenía ella de especial?

¿Por qué le había hablado con tal sinceridad sobre la muerte de Cristiano?, se preguntó entonces. Era cierto que Belle necesitaba saber cosas de su vida para hacer el papel de su novia, pero le había contado cosas que no le había contado a nadie más, tal vez atraído por el brillo comprensivo de esos ojazos. Podría estar fingiendo, pensó entonces. Tal vez estaba intentando impresionarlo. Tal vez esperaba quedarse en su vida más de dos semanas.

A la mañana siguiente, Belle estaba de sorprendente buen humor. Se había portado como una tonta la noche anterior, pero sabía que no podía dar marcha atrás y borrar mágicamente ese error. Lo único que podía hacer era intentar alejarse de Dante y empezar a tratarlo como un jefe. Además, el sol brillaba en el cielo y pronto se reuniría con su querido Charlie.

Asombrosamente, llegó más ropa para ella y Belle tuvo que reconocer que era divertido revisar todos los vestidos y elegir uno para aquel día. Optó por una falda ligera y un top, pero frunció el ceño al ver que su pelo empezaba a rizarse después de una sola noche comportándose como el pelo liso de sus fantasías. Su auténtico yo amenazaba con asomar de nuevo, pensó, y Dante tendría que aceptar que no podía estar perfecta todo el día.

—Un joyero vendrá a la hora del desayuno —le informó él cuando bajaba por la escalera.

—Muy bien —murmuró Belle, intentando evitar su mirada.

—Luego iremos a comprar muebles y alguna otra cosa. Y mañana nos iremos a Italia.

—¿Por qué tenemos que comprar muebles? —le preguntó ella, mientras se sentaba a la mesa.

–Porque, supuestamente, vas a vivir conmigo y lo normal es que tengas muebles propios, cosas que querrías llevarte. Tú no tienes nada, así que habrá que comprar algunos muebles. Quiero que parezcamos una pareja de verdad para todo el mundo, incluso para mis empleados –admitió Dante–. Solo es una farsa, pero eso tiene que ser nuestro secreto.

–Charlie es auténtico –señaló Belle–. Me mudo a tu casa con mi perro.

Dante se arrellanó en la silla para estudiarla. Con un top de seda que acentuaba la curva de sus pechos, tenía un aspecto increíblemente sensual. La miró mientras se colocaba un mechón de pelo detrás de la oreja con un gesto casi infantil y pensó que seducirla sería una crueldad porque él no tenía intención de ofrecerle una relación seria.

Dante tomó aire y cambió de postura, intentando controlar el extraordinario efecto que ejercía en él.

–Charlie no es suficiente. Tenemos que comprar cuadros y algunos muebles más o menos presentables.

Belle frunció el ceño.

–¿Cuadros? ¿Por qué necesito cuadros?

–Es parte de tu nueva imagen. Eres una amante del arte, como yo.

–Sí, bueno, me gusta como a todo el mundo, pero la verdad es que no sé mucho de arte. Acepté hacer esto, pero no acepté fingir ser una persona que no soy.

Dante enarcó una ceja.

–¿Qué quieres decir?

–Nuestra relación es falsa, pero yo no tengo intención de serlo –le informó Belle–. No voy a fingir ser alguien que no soy, así que ni cuadros ni muebles caros. Soy una chica normal y no sabría cómo hacerme pasar por una persona rica y sofisticada.

–No veo por qué no puedes hacerlo en estas circunstancias.

–Porque no me escuchas –dijo ella–. Yo soy como soy y pienso seguir siéndolo porque no puedo ser otra persona. Además, de ese modo es más difícil que cometa un error. Yo no formo parte de tu mundo, Dante.

–¿Y si no formas parte de mi mundo, dónde te he conocido? –le preguntó él.

–Conviértelo en una historia divertida. Nos conocimos cuando viniste a Francia a visitar a un amigo. Yo estaba haciendo autostop, por ejemplo. Usa la imaginación. Tal vez has decidido vivir conmigo porque yo soy diferente a otras mujeres que han pasado por tu vida. No intentes que esconda a la Belle real, como si tuviese que avergonzarme.

–Eres muy cabezota.

–Y tú también.

Dante dejó escapar un suspiro.

–Muy bien, nada de cuadros, pero tendré que comprar algunos muebles para que puedas convertir alguna habitación de mi casa en tu habitación. ¿No es eso lo que hacen las mujeres cuando se van a vivir con un hombre?

Belle se encogió de hombros.

–No tengo ni idea. ¿Y no es un gasto absurdo solo para un fin de semana? –le preguntó, mirándolo con un brillo de curiosidad en sus ojos azules–. Al parecer, para conseguir ese acuerdo eres capaz de gastarte una fortuna.

–Más o menos –asintió él.

–Bueno, si solo es una habitación podrías comprar

un sillón cómodo y unas estanterías... ah, y libros –dijo Belle–. Pero unos muebles nuevos no serían muy convincentes.

–Compraremos antigüedades –anunció Dante.

–¿Pero no esperarás que me porte como alguien que no soy? –insistió Belle.

–No –asintió él, maravillándose de estar cediendo tanto cuando, en realidad, había planeado darle una identidad falsa para proteger su privacidad y el anonimato de Belle–. ¿Te das cuenta de que los medios tendrán más interés en la relación si descubren que eres camarera?

–Desapareceré de tu vida antes de que nadie haya podido identificarme –respondió ella, convencida, sacudiendo la vibrante melena de rizos color cobre.

–No sé si debería admitirlo, pero la verdad es que me gustaba más tu pelo antes de que lo alisaran. Los rizos te sientan bien.

Dante frunció el ceño, cuestionando lo que estaba diciendo mientras se levantaba para recibir al hombre que acababa de llegar con un maletín y acompañado de un guardia de seguridad.

–Buenos días, *monsieur* Duchamp.

Belle tuvo que disimular una sonrisa. Le gustaba más su pelo natural, rizado. Bueno, qué sorpresa. Debía reconocer que se sentía halagada.

Una hora después, con un reloj de diseño y unos pendientes de zafiros y diamantes a juego con un colgante, joyas básicas según él, sin las cuales no podría hacer el papel de su novia, bajó de nuevo al salón.

La limusina los llevó al Carré Rive Gauche, lleno de tiendas de antigüedades y exóticas tiendas de diseño. Belle se encontró mucho más interesada de lo que había esperado porque algunos muebles eran muy sugerentes.

–Veo que hay cosas que te gustan –comentó Dante.

–Son muy originales. Me gusta este sillón –dijo ella, señalando un sillón tapizado que tenía un aspecto muy cómodo.

El propietario, que había reconocido a Dante, se apresuró a elogiar el sillón, mostrándoles los brazos giratorios. Hablaban en francés, demasiado rápido para Belle, y se quedó sorprendida cuando Dante soltó una carcajada. Con los ojos brillantes y la expresión relajada era tan guapo y tan masculino que no podía apartar los ojos de él.

–¿De qué te ríes? –le preguntó.

–Luego te lo contaré. Nos llevamos el sillón. Venga, sigue buscando –la urgió él, poniendo una mano en su espalda–. Tienes que llenar una habitación y las habitaciones de mi casa son muy grandes.

Belle eligió un sofá, una estantería hecha en India, una mesita con incrustaciones de nácar, un precioso espejo y un excéntrico mueble-bar de estilo *art déco*.

–Siendo una chica normal, ¿de dónde he sacado estos muebles tan caros? –le preguntó después.

–Te los he regalado yo –respondió Dante–. También he pedido una selección de novelas clásicas y contemporáneas para tu estantería.

En la limusina, de vuelta al hotel, le dijo que iba a llevarla cenar y luego a bailar a una discoteca. Belle estaba intentando elegir un vestido cuando Dante apareció en la puerta de la habitación.

–Me temo que no puede ser –anunció–. Ha habido un accidente en uno de los parques eólicos de Bretaña y tengo que irme. No sé cuándo volveré, pero seguramente será muy tarde. Aunque nos iremos a Italia mañana de todos modos.

–¿Un accidente mortal? –preguntó Belle.

Dante asintió con la cabeza.

–Un ingeniero se ha caído desde una de la turbinas –le contó, con expresión grave.

–Qué horror. ¿Vas a visitar a su familia?

–Sí, claro –respondió él–. Y a comprobar si los procedimientos de seguridad fueron seguidos correctamente. Luego habrá una investigación formal, por supuesto.

Belle cenó sola en la enorme mesa y después subió al segundo piso, pero antes de entrar en su dormitorio sucumbió a la curiosidad y entró en el de Dante. Estaba escrupulosamente ordenado, sin señales de una partida apresurada, pero no estaba allí para cotillear sino para comprobar si sus sospechas eran correctas. Y así era. Allí, en el cuarto de baño de Dante estaba la bañera de sus sueños, enorme, de hierro forjado, frente a una ventana con una fabulosa vista de París.

Siempre le habían gustado las bañeras, pero hacía años que no tenía una. Los parientes de la señora Devenish habían remplazado la bañera por un plato de ducha para evitar resbalones y Belle había echado de menos poder darse un baño de espuma…

¿Se atrevía a usar la bañera de Dante mientras él estaba fuera? No, pensó. Por tentador que fuese, le parecía demasiado atrevido y, después de ponerse el pijama, volvió abajo para ver la televisión.

Alrededor de las diez, la imagen de la bañera era tan seductora que, dejando escapar un suspiro, apagó la televisión y subió a la habitación de Dante. Había sales de baño, jabones de todo tipo y geles que olían a gloria. Belle llenó la bañera de burbujas antes de sujetarse el pelo sobre la cabeza con un prendedor para meterse en el agua perfumada. Cuando apoyó la cabeza en el blando cabezal, suspiró, pensando que estaba en el cielo. Se sentía relajada, totalmente relajada por primera vez en mucho tiempo.

Estaba medio adormilada cuando un ruido la sobresaltó. Se incorporó, intentando recordar dónde estaba, y al darse cuenta de que seguía en el baño de Dante, quitó el tapón para vaciar la bañera y se incorporó, asustada. ¿Cuánto tiempo llevaba allí?

Estuvo a punto de resbalar mientras corría por el suelo de baldosas para tomar una toalla gris y envolverse en ella a toda velocidad, regañándose a sí misma por haber invadido el cuarto de baño, que había pensado dejar inmaculado antes de que Dante volviese al hotel.

Dante no estaba de buen humor cuando volvió a la suite. Nunca era fácil lidiar con una familia desolada y descubrir que el hombre sufría de vértigo, pero lo había ocultado porque necesitaba el trabajo, había sido una noticia terrible para él.

Entonces vio la puerta abierta de su dormitorio y a Belle saliendo del baño, colorada como un tomate, envuelta en una toalla que sujetaba sobre sus pechos con manos ansiosas. Tenía una expresión tan culpable y abochornada que era casi cómico.

–¿Se puede saber qué haces aquí? –le espetó, intentando contener la risa.

Belle saltaba de un pie a otro, nerviosa.

–Es que tú tienes bañera… en mi habitación solo hay una ducha. Creí que no volverías hasta más tarde… pensaba limpiar el baño antes de que volvieses, de verdad.

–Y te he pillado –comentó Dante.

–No te preocupes. Volveré enseguida y lo dejaré todo como nuevo, pero ahora tengo que vestirme –le prometió Belle, con la cara ardiendo–. Te juro que no estaba fisgando ni nada parecido. No he tocado nada. Es que echaba de menos darme un baño y esa bañera era una tentación…

También ella era una tentación. Dante se sentía tentado como nunca mientras miraba esos magníficos pechos que parecían a punto de escapar de la toalla y la pálida piel, ligeramente cubierta de pecas, que ya había acariciado una vez y que había provocado un ansia desconocida en él. Y ese precioso pelo sujeto sobre la cabeza, con algunos rizos rebeldes enmarcando el rostro ovalado, los enormes ojos de color violeta y esa gloriosa boca. Sí, era una tentación. Era una imagen sacada de todas sus fantasías y se excitó de inmediato. Pero también era la bienvenida distracción que necesitaba después de aquella noche terrible.

–Estás guapísima –dijo con voz ronca.

Y era verdad. A pesar de su escasa estatura, era una mujer extraordinariamente vibrante y llena de vida.

–Debe ser la toalla –murmuró ella. Aunque le gustaría que lo pensara de verdad.

–No, eres tú… solo tú –insistió Dante. El deseo intentaba desbaratar sus reservas y llevarlo donde quería estar. Como ambos habían reconocido, aquel no era un trabajo normal y solo serían unos días–. Olvídate de las reglas, olvídate de lo que deberías o no deberías hacer. Olvida las listas y las expectativas. Quédate conmigo porque quieres hacerlo.

Belle tragó saliva. Un escalofrío la recorrió de

arriba abajo. Intentaba decir algo, pero no podía respirar. No había esperado que fuese tan atrevido y no estaba preparada.

–Yo…

–Vive un poco –insistió Dante, cerrando la puerta antes de atravesar la habitación para quitarle delicadamente la ropa que llevaba en la mano.

–Pero trabajo para ti –arguyó Belle mientras sujetaba precariamente la toalla.

–Nuestro acuerdo no es normal y, por eso, no deberíamos sentirnos atados por unas absurdas reglas –discutió él, impaciente–. Ninguna regla es aplicable a esta situación, así que no debemos tenerlas en cuenta.

«Vive un poco», había dicho. Y no podía saber cuánto le habían afectado esas palabras porque Belle era infelizmente consciente de que apenas había vivido durante sus veintidós años. Había perdido su adolescencia, esos años en los que, supuestamente, debería limitarse a pasarlo bien, y se había sentido vieja lidiando con la responsabilidad de cuidar a su abuelo, manejando las facturas, el presupuesto familiar. Y, por fin, el dolor de la pérdida, la soledad. Con unos abuelos mayores siempre había tenido que ser sensata y cumplir montones de reglas. Reglas que seguía cumpliendo, tuvo que reconocer.

–Sé que no soy el hombre al que tú elegirías –siguió Dante–. Pero ahora mismo soy el hombre al que deseas.

Una vocecita de alarma le decía que saliese de allí, que volviese a su habitación y le diese la espalda al riesgo que Dante representaba. Pero, de repente, la voz de alarma cesó. Porque era cierto, él era el hombre al que deseaba en ese momento, el único al que había deseado de ese modo y, de repente, esperar al hombre perfecto, que podría no aparecer nunca, le parecía absurdo y patético.

Dante había roto todas sus defensas con una verdad indiscutible: «yo soy el hombre al que deseas».

–Es verdad –asintió con voz temblorosa.

–Y también es verdad que yo te deseo a ti –dijo él con voz ronca, inclinándose para tomarla en brazos y dejarla sobre la cama–. No compliquemos esto más de lo necesario.

Capítulo 5

PERO era mucho más complicado, pensaba Belle, impotente, mientras veía a Dante tirar de su corbata y quitarse la chaqueta.

¿Sería solo un revolcón de una noche? ¿Y qué pasaría después, se portarían como si no hubiera pasado nada? ¿Aquel encuentro sexual mataría la atracción que había entre ellos?

¿Cómo iba a saberlo?

Estaba tumbada sobre la toalla mojada y el sentido común le decía que se la quitase, pero le faltaba valor. Había estado medio desnuda entre sus brazos la noche anterior, pero entonces todo había sido espontáneo; se habían dejado llevar por el momento, sin pensar. En realidad, no había sido capaz de hacerlo.

Pero ahora tenía que pensar, tenía que decidir porque sabía lo que estaba pidiéndole, lo que esperaba de ella, mientras se desnudaba.

Tenía un cuerpazo, tuvo que admitir, condenada al silencio por admiración y timidez mientras Dante se quitaba la camisa, los zapatos, los calcetines, en un despliegue de bronceados músculos que la dejó trémula y casi asustada. Cuando empezó a desabrochar el pantalón, Belle clavó los ojos en una intrigante flecha de vello oscuro que se perdía bajo la cinturilla del calzoncillo.

Era un hombre tan atractivo. Como una fantasía hecha realidad, pensó, cerrando los ojos cuando él dejó caer los pantalones. Había sentido su deseo, lo había notado, pero no iba a mirar mientras él la observaba como un halcón a su presa. Esos inteligentes ojos dorados parecían capaces de verlo todo y no quería ruborizarse como la virgen de la que él se había reído tanto.

–Estás muy callada –murmuró él, tirando de la toalla. Estaba excitado como nunca y tenía que hacer un esfuerzo sobrehumano para mantener el control.

–Hay mucha luz –dijo Belle, abriendo los ojos.

Sin decir una palabra, Dante alargó una mano para apagar la lámpara, dejando solo una encendida al otro lado de la habitación.

–¿Mejor?

Ella asintió con la cabeza. Ahora que estaba en la cama, desnuda y dispuesta, los nervios se la comían por dentro.

–Quiero que estés segura del todo –dijo él con voz ronca–. No quiero compartir mi cama contigo si vas a lamentarlo mañana. No quiero aprovecharme de ti.

–Ya sé que no… –Belle levantó una mano y pasó los dedos por su frente, rozando el sedoso pelo negro.

Era su calidez, la sinceridad que emanaba, tuvo que reconocer Dante, consternado. Era por eso por lo que le había abierto su corazón la noche anterior. Por eso había roto su habitual reserva. Saber que podía ser tan impresionable, que podía dejarse manipular tan fácilmente por una mujer lo dejaba sorprendido. Sin embargo, desafiando a su instinto, que lo urgía a dar un paso atrás y apartarse hasta que pudiese controlar su reacción, se inclinó sobre ella y la besó como si le fuera la vida en ello.

Belle estaba temblando. El roce de sus labios era como una descarga eléctrica que la recorría entera, como una chispa que se encendía donde el cuerpo de Dante, duro y musculoso, conectaba con el suyo.

–Este es el mejor momento del día, *cara mia* –le confió él mientras soltaba el prendedor y apartaba los rizos de su cara.

La toalla había desaparecido y Belle no se había dado cuenta, pensó mientras Dante acariciaba sus pechos, tomando un pezón y apretándolo entre los dedos en un erótico masaje que provocó un torrente entre sus piernas.

Lamió sus sensibles pezones con la punta de la lengua y Belle suspiró, extasiada, cuando empezó a chuparlos. Sin darse cuenta, levantó las caderas y Dante se colocó entre sus piernas, besándola con una pasión y una impaciencia contagiosas. Temblando, levantó una mano para tocar su pelo y la dejó allí mientras él aplastaba sus caderas, enviando una corriente de deseo por todo su cuerpo. La ansiedad y el miedo habían desaparecido para entonces porque nunca nada le había parecido más necesario, mejor o más maravilloso. Incluso su aroma, mezclado con el de la colonia masculina que ya se había vuelto familiar, era irresistible.

Dante se deslizó hacia abajo, separó sus muslos con las manos y enterró la boca allí con un fervor que la dejó sorprendida.

–Sabes tan bien… –musitó mientras Belle temblaba de arriba abajo, debatiéndose entre desear que parase y querer que siguiera.

Intentaba recuperar el control, dejar de jadear y gemir, contener el deseo de restregarse contra él, pero el placer era abrumador, como una quemazón que nacía en su centro y se extendía por todo su cuerpo con cada caricia hasta que una explosión de fuegos artificiales estalló dentro de ella.

–Si te duele, puedo parar –murmuró Dante–. Solo tienes que decírmelo.

–No, no pares –dijo Belle, experimentando un gozo desconocido, una especie de liberación.

No tenía ninguna duda sobre lo que estaba haciendo porque todo era tan maravilloso, tan excitante. Aquella experiencia con Dante acallaba sus inseguridades y sus ojos dorados eran una tentación en la que estaba dispuesta a caer.

Pasó las manos por los hombros morenos, disfrutando del roce satinado de su piel mientras Dante se enterraba en ella, ensanchándola poco a poco. El dolor de la invasión hizo que apretase los músculos y él se detuvo cuando un grito escapó de su garganta.

–Te hago daño.

–No, estoy bien. No pares –dijo Belle.

–Intenta relajarte. Cuanto más tensa estés, más incómodo será.

Belle intentó relajarse y él volvió a moverse, despacio, con cuidado. Seguía siendo doloroso, pero enterró la cara en su hombro e intentó soportarlo en silencio. Por suerte, el dolor pasó enseguida y cuando Dante se enterró en ella del todo, exhalando un gruñido de satisfacción, fue como si una bombilla de mil vatios se hubiera encendido dentro de ella.

Se dejó llevar, con el corazón acelerado, disfrutando de su posesión, excitándose más con cada embestida. Un ardor salvaje se apoderó de ella y envolvió las piernas en su cintura, urgiéndolo a moverse más rápido hasta que, por fin, la quemazón se convirtió en un orgasmo que la hizo gritar de placer. Dante cayó sobre ella con un gruñido de pura satisfacción masculina y el mundo se detuvo durante una décima de segundo.

–Increíble –murmuró Dante, tumbándose de lado y llevándola con él, los ojos dorados brillantes como llamas–. Ha sido increíble. ¿Estás bien?

Belle, que no se atrevía a hablar, se limitó a asentir con la cabeza.

–Tu pelo parece electrificado, *cara mia* –murmuró él, apartando un rizo de su frente.

Él la había electrificado, pensó Belle, esbozando una sonrisa.

–Pues está así cada mañana, cuando me despierto.

–Me encanta tu pelo –dijo él antes de levantarse de la cama para ir al baño.

–¿Y ahora qué? –preguntó Belle entonces.

Dante torció el gesto. Sabía que debería haber esperado esa pregunta, que no debería haber pasado por alto su inexperiencia. Belle quería saber qué iba a pasar ahora entre ellos, pero esa era una conversación que no quería mantener. Porque lo que pasaba después de acostarse con una mujer solía ser muy previsible: se aburriría y pasaría a la siguiente.

–Seguiremos como si no hubiera pasado nada –respondió con tono seco–. Voy a llenar la bañera.

Belle estaba atónita.

«Seguiremos como si no hubiera pasado nada».

¿Qué significaba eso? Después de todo, habían empezado siendo dos extraños. ¿Estaba sugiriendo que volvieran a serlo? ¿Y cómo iba a pedir que se lo aclarase?

No quería que pensara que estaba pidiéndole ga-

rantías porque entonces sería como una de esas mujeres que lo perseguían. Además, ¿cuál era el protocolo
después de un encuentro sexual? ¿Debía levantarse y
volver a su habitación? No, imposible. Si Dante espe-
rase eso no estaría llenando la bañera, pensó, conteniendo un bostezo, demasiado adormilada y cómoda
como para moverse.

–Tenemos un problema –le informó él desde la
puerta del baño. Sorprendida por el tono serio, Belle
se incorporó–. Se ha roto el preservativo –anunció
Dante entonces.

Belle tardó un momento en entender y, cuando lo
hizo, su corazón dio un vuelco.

–¿Se ha roto?

–Esas cosas pasan –dijo él, con expresión tensa–.
Aunque a mí no me había pasado nunca. Seguramente
he sido un poco… demasiado apasionado. ¿Tomas la
píldora?

–¿Por qué iba a tomarla?

–No lo sé. Las mujeres toman la píldora por muchas razones.

Después de decir eso dio media vuelta y desapare-
ció en el cuarto de baño.

Belle se quedó inmóvil durante unos segundos y
luego, con un abrupto movimiento, saltó de la cama,
haciendo una mueca de dolor cuando ciertos músculos
usados por primera vez en su vida empezaron a protes-
tar.

Y qué catastrófico error empezaba a parecerle esa
decisión impulsiva. Ni siquiera se le había ocurrido
usar la píldora sencillamente para estar preparada.
Claro que nunca había imaginado que se acostaría
con un hombre al que acababa de conocer. Su inten-

ción había sido tener una relación seria antes del sexo y siempre había pensado que tendría tiempo para tomar precauciones.

¿Y por qué lo había pensado?

Porque nadie sabía mejor que ella, una hija ilegítima resultado de un supuesto accidente, que tener un hijo siempre debería ser algo planeado, deseado.

Su padre, Alastair Stevenson, no había querido saber nada de ella. Y su madre tampoco.

Alastair había tenido una breve aventura con Tracy, pero habían roto cuando ella quedó embarazada. Tracy había jurado que el embarazo era debido a un preservativo roto, pero cuando lo conoció, a los trece años, su padre estaba seguro de que había quedado embarazada a propósito. Y, conociendo a Tracy como la conocía, también ella hubiera sospechado. Su manipuladora madre era muy capaz de haber quedado embarazada a propósito para intentar atrapar un marido rico.

Pálida como nunca, Belle se envolvió en la descartada toalla y se dejó caer sobre la cama, atónita y afligida por la posibilidad de haber quedado embarazada. Lo último que deseaba era criar sola a un hijo. Crecer sin un padre había destruido su autoestima cuando era niña.

Y tampoco había ayudado nada tener que enfrentarse con un padre a quien le importaba un bledo y que parecía resentido con ella por haber nacido y por haberle costado una pequeña fortuna. Aunque eso era algo que Belle no entendía. Supuestamente, su padre era un hombre rico, de modo que pagar la pensión alimenticia no podría haber sido tal carga para él.

Mientras tanto, en el baño, Dante agradecía la distracción de llenar la bañera. Nunca había hecho algo así por una mujer en toda su vida, pero necesitaba apartarse después del menos que estelar robo de su virginidad.

Estaba tenso y preocupado, preguntándose por qué no se había hecho una vasectomía. Había pensado hacérsela años antes, pero Cristiano le había convencido de que podría arrepentirse. Se le había ocurrido la idea de la vasectomía porque se negaba a darle a sus padres el heredero que tanto anhelaban para asegurar la próxima generación de su preciosa dinastía. Habían sido unos padres terribles y estaba convencido de que él sería igualmente desastroso. Por eso no quería tener hijos. Él no era capaz de sentir esa clase de afecto o de sacrificarse por nadie.

¿Pero y si había dejado embarazada a Belle? ¿Qué querría hacer ella en esas circunstancias? Si le gustaban los niños tanto como los perros, querría tenerlo. Y entonces, le gustase a él o no, se convertiría en padre.

—Tu baño está listo —anunció desde la puerta—. Yo voy a darme una ducha.

Belle se levantó de la cama.

—¿Qué haremos si…?

—Lidiaremos con ello si ocurre —la interrumpió él, con los ojos velados—. No tiene sentido preocuparse por eso ahora.

Esa actitud de esperar en lugar de preocuparse era la más sensata, pensó Belle mientras entraba en el baño. Intentó relajarse en la bañera, pero ver a Dante tras la puerta de cristal de la ducha la ponía nerviosa.

Tal vez podría tomar la píldora del día siguiente, pensó entonces. Claro que si su madre hubiera tenido tal posibilidad, ella no habría nacido. Y ese pensamiento era aleccionador.

Cuando Alastair Stevenson se negó a casarse con Tracy, ella había perdido todo interés por el bebé que esperaba. De hecho, estaba resentida por haberse convertido en madre soltera, y más aún por el daño que el embarazo había hecho a su perfecta figura. Y había pagado esa amargura con su hija.

Belle no se quedó mucho tiempo en la bañera. De hecho, salió del baño como una ladrona, se puso el pijama y volvió a su habitación a toda prisa. Después de todo, si empezaba a nacer algo entre ellos antes del accidente, ese algo había muerto.

La expresión de Dante le había dicho todo lo que necesitaba saber. No quería tener un hijo, estaba claro. Ni siquiera quería pensar en esa posibilidad. Claro que en eso no era muy diferente a cualquier otro hombre joven y soltero.

¿Qué esperaba? Dante no estaba enamorado de ella, apenas la conocía.

Belle miró la opulenta habitación dejando escapar un suspiro. Dante y ella pertenecían a dos mundos totalmente diferentes. Ella era una chica sin padres que dormía en una caravana prestada y trabajaba como camarera. Dante, en cambio, era un hombre que viajaba en limusina, poseía un avión privado, llevaba elegantes trajes de chaqueta hechos a medida y había pasado la mitad de su vida estudiando en caras universidades. En comparación, ella no era nadie.

¿Por qué se había acostado con él? ¿Por qué se había dejado llevar por la tentación?

«Vive un poco».

Vive un poco y vive para lamentarlo, pensó, atribulada.

Capítulo 6

DANTE había estado trabajando desde el amanecer y cuando Belle apareció por fin en el salón tuvo que contenerse para no saltar de la silla y abrazarla.

Cuando sus ojos se encontraron Belle esbozó una sonrisa. Era una sonrisa falsa, Dante lo sabía porque tenía un rostro extraordinariamente expresivo. Las marcas violáceas bajo los ojos demostraban que no había dormido mucho mejor que él. Se lo merecía por haber saltado de su cama, pensó.

Él no estaba acostumbrado a que las mujeres lo tomasen por sorpresa y Belle lo había hecho. Se había llevado una decepción cuando salió del baño y descubrió que se había ido de la habitación sin decir nada.

Pero no haría eso esa noche, pensó con satisfacción, porque mientras estuviesen en Italia dormiría en su cama.

–Tienes media hora para desayunar –le dijo, admirando el brillo del sol sobre su pelo rojo.

Llevaba un pantalón capri blanco, un top de rayas y unas zapatillas blancas de tela. Parecía un marinero sexy, pensó, admirando su esbelta figura y excitándose al recordar su sedosa piel desnuda.

–Estoy hambrienta –admitió Belle mientras se dejaba caer sobre la silla–. Y deseando reunirme con Charlie.

–Iremos a buscarlo de camino a casa. Por cierto, no tienes que hacer las maletas, los empleados se encargarán de todo.

Belle asintió, sonriendo mientras se servía una taza de té y preguntándose por qué la miraba de ese modo. Había aceptado esperar y no iba a perder la cabeza por algo que podría no ocurrir. Sin embargo, durante la noche había pensado cosas que seguramente horrorizarían a Dante. Casi sin darse cuenta, había intentado imaginarse a sí misma como madre. Para alguien que nunca había tenido una madre, esa era una idea aterradora, pero había decidido que podría hacerle frente como había hecho siempre que la vida le daba un golpe inesperado.

Y cuanto más pensaba lo diferente que sería de su madre, más le gustaba la idea. Incluso había empezado a ver la vaga imagen de un bebé al que, sin duda, adoraría. Un niño o una niña, daba igual. Le gustaban los niños y la idea de tener por fin una familia no le parecía aterradora sino todo lo contrario. Esa era la actitud correcta, se decía, convertir cualquier aspecto negativo en uno positivo y estar preparada por lo que pudiera pasar.

–¿Cuándo lo sabremos? –le preguntó Dante.

Belle se dio cuenta entonces de que estaba pensando lo mismo que ella.

–En unos diez días.

–Haremos la prueba lo antes posible –dijo él, con tono mesurado.

Belle devoró un cruasán en tiempo récor, nerviosa por la actitud serena de Dante y ligeramente irritada al verlo tan distante y serio después de su apasionado encuentro de la noche anterior. Por supuesto, no sería muy amable por su parte admitir que estaba horrorizado por la situación y era poco razonable esperar algo de él que no fuese una actitud diplomática.

Dante observó a Belle comiendo el cruasán; la punta de su lengua asomando mientras saboreaba el bollo con incuestionable deleite, echando la cabeza hacia atrás ligeramente, suspirando de gozo, la tela de la camiseta pegándose a la curva de sus pechos…

Dante estaba absurdamente excitado por ese sensual disfrute y maravillándose porque Belle era capaz de hacer que la menor cosa pareciese increíblemente sexy

Totalmente desconcertado por esa reacción, intentó entender por qué hacerle el amor solo había servido para atizar el fuego en lugar de enfriar su interés.

Mirando curiosamente a Dante, que se había quedado extrañamente callado, Belle murmuró:

–¿Ocurre algo?

–Sigo deseándote –respondió él en voz baja–. De hecho, si tuviésemos tiempo te llevaría a la habitación ahora mismo.

Atónita ante tal admisión, Belle se atragantó con el cruasán y empezó a toser, buscando oxígeno al mismo tiempo hasta que Dante le ofreció un vaso de agua.

–¿Estás bien?

–Sí, sí… no ha sido nada.

Bueno, Dante acababa de dejar bien claras sus intenciones, pero no había esperado que fuese tan directo.

–Soy un hombre apasionado y no tengo intención de cambiar –dijo él entonces–. Pero espero que tú sientas lo mismo.

Belle tragó saliva. El brillo de sus ojos provocó una oleada de calor entre sus muslos y notó que, bajo el sujetador, sus pezones se encrespaban.

–Pues… sí.

–¿Lo ves? –dijo Dante, con expresión satisfecha–. Nada tiene por qué ser complicado.

Y ella pensó: «no puede ser tan listo y tan estúpido al mismo tiempo, ¿no?».

Porque su relación era extremadamente complicada, y no solo por el accidente con el preservativo y su deseo de continuar la intimidad como si no hubiera pasado nada.

–¿Crees que seré más convincente como amante si lo soy de verdad? –le preguntó.

–Si no te desease no estaría contigo –respondió él–. Y te deseé desde el momento que te vi.

Belle se movió en el asiento, inquieta y ridículamente satisfecha por esa admisión.

–Hay química entre nosotros –siguió Dante–. No podría fingir que vivo con una mujer que no me atrae físicamente.

–No, imagino que no –asintió ella, conteniendo el deseo de preguntarle a cuántas mujeres había deseado como la deseaba a ella.

Probablemente a muchas, pensó, enfadada consigo misma. Le molestaba analizar cada palabra, ser incapaz de mostrarse fría y serena como solía hacer con los demás hombres.

Con Dante era diferente. *Ella* era diferente con Dante porque él era *más* que cualquier otro hombre; más guapo, más rico, más inteligente, más sofisticado y, desde luego, más interesante.

Debía reconocer que le gustaría ser algo especial

para él, pero era absurdo. No había futuro para ellos y lo último que necesitaba era hacerse ilusiones. Cenicienta no solía conseguir al príncipe en la vida real.

—Los que me conocen se quedarán sorprendidos al saber que vivo con una mujer —admitió Dante, pasándose una mano por el pelo—. Siempre he sido muy claro sobre mi falta de interés en el matrimonio y mi deseo de seguir siendo libre, así que tendremos que hacer un esfuerzo para ser convincentes.

—Cada vez siento más curiosidad por ese negocio que es tan importante para ti —dijo Belle—. Debe ser algo muy especial para que estés dispuesto a hacer esto.

—El marido de Krystal, Eddie, posee una finca que yo espero reclamar.

—¿Reclamar?

—La finca era de mi hermano. Mis padres la vendieron en cuanto murió porque no son precisamente sentimentales.

—¿No podrías haberla comprado tú?

—A ellos no, porque entonces habrían empezado a hacer demandas y no quiero ponerme en una situación de desventaja con ellos —respondió Dante, mirando al empleado que bajaba con una colección de maletas—. Creo que es hora de marcharnos.

Dante trabajó durante todo el viaje, sin levantar apenas la cabeza del ordenador. Mientras tanto, Belle sopesó la situación en la que estaba a punto de meterse, el «nido de serpientes» como la había definido Dante. Al parecer, le esperaba una colección de personajes desagradables: una mujer casada que tonteaba con él, unos padres insensibles...

Pero si no se llevaba bien con sus padres no se los presentaría, pensó, borrando a los padres de su lista de retos. En lugar de eso se concentró en su ansiada reunión con Charlie.

Los gritos de los reporteros cuando salieron del aeropuerto fueron una grosera llamada de atención.

—Intenta mostrarte alegre —la apremió Dante, poniendo una mano en su espalda.

Belle sonrió para las cámaras, pero, por suerte, él no se detuvo para responder a las preguntas de los insistentes reporteros y un guardia de seguridad los escoltó hasta la limusina.

—Parece que eres una celebridad en Italia.

—Las revistas de cotilleo tienen un ridículo interés en mi vida privada y, por una vez, les he dado algo de lo que hablar… gracias a ti.

—¿Qué tengo yo que ver? —preguntó Belle.

—Has insistido en ser quien eres y yo te he concedido ese deseo. Los periodistas han estado indagando y ya saben que eres una camarera a la que conocí en Francia y que el nuestro es un romance relámpago —le contó Dante con expresión cínica.

—Pero yo no esperaba tal interés —dijo Belle.

Empezaba a lamentar su insistencia de ser ella misma y, de repente, se preguntó si su padre habría leído algo sobre su relación con Dante. No podía imaginar a su padre leyendo revistas de cotilleos, ¿pero qué sabía ella de Alistair Stevenson? Muy poco y, con un poco de suerte, la noticia solo aparecería en la prensa italiana.

Se moriría de vergüenza si su padre supiera que se había ido a vivir con un rico italiano porque, sin duda, pensaría que estaba siguiendo los pasos de su madre y no quería darle ninguna excusa para pensar que había hecho bien al no tener una relación con ella. Aún le dolía su rechazo y la injusticia de ser culpada por los pecados de su madre.

Cuando llegaron a la lujosa residencia canina, Charlie la saludó con emoción, echándose en sus brazos como si llevasen meses separados. Belle lo acarició e intentó calmarlo antes de volverse hacia Dante.

—Ya que estamos aquí, vamos a saludar a los perros de tu hermano.

Dante frunció el ceño.

—No creo que…

—No seas malo —lo interrumpió ella—. Imagina lo aburrido que debe ser para ellos estar aquí solos todo el día y lo importante que sería tu visita.

Dante levantó las manos en un gesto de frustración.

—Cinco minutos, nada más. Y tampoco tú querrás estar más tiempo porque son unas bestias histéricas que están sin educar.

—Dejaremos a Charlie aquí mientras vamos a saludarlos. No sería justo inquietarlos con un perro desconocido —sugirió Belle mientras metía a Charlie en el trasportín—. ¿Sabes una cosa, Dante? Los perros pueden ser educados.

—¿No me digas?

—Con un poco de entrenamiento, estoy segura de que se tranquilizarían. Yo estoy dispuesta a ayudar, si quieres.

—No pienso llevarlos a mi casa —le advirtió él, pensando que con Belle no podía ceder ni un palmo.

—Muy bien, de acuerdo —asintió ella, preguntándose cuánto tardaría en hacer que cambiase de opinión.

—Siempre están nerviosos y sueltan pelo por todas partes —se quejó Dante, enfadado por haber dejado que lo convenciese para hacer algo que no quería hacer.

Belle no sabía de qué raza serían los perros, pero se quedó sorprendida al ver a dos diminutos chihuahuas, uno marrón, el otro blanco y negro, en una extravagante cesta de color rosa. Cuando saltaron de la cesta para saludar a Dante, con un entusiasmo que él no merecía, Belle se puso en cuclillas para acariciarlos. En unos segundos tenía a los excitados chihuahuas en el regazo, intentando comérsela a besos, mientras Dante miraba la escena con cara de incredulidad.

–¿Quieres acariciarlos ahora que se han calmado? –le preguntó, mirándolo por encima del hombro.

–No –respondió él.

Belle estuvo a punto de pedirle que hiciese un esfuerzo, pero se contuvo. Acarició a los animales, preguntándose cómo podía mirar esos ojitos ansiosos y no tocarlos siquiera. Claro que llevaba un año haciendo precisamente eso.

–Conmigo nunca se han portado así –dijo Dante, a su pesar–. Está claro que se te dan bien los animales.

Belle suspiró mientras se despedía de los perros, que se quedaron llorando, claramente decepcionados por ser abandonados de nuevo.

–Esperaba que fuesen más grandes. Incluso perros de raza peligrosa.

–A mi hermano le gustaban los perros pequeños –dijo él–. Era gay y cuanto más lo criticaban mis padres, más extravagante se volvía.

–¿No lo aceptaban?

–Eran muy liberales en público, pero no querían un hijo gay –respondió Dante mientras colocaban el trasportín de Charlie en la limusina–. Intentaron desheredarlo, cambiar las reglas de sucesión para evitar que heredase el título de mi padre, pero no había recurso legal. Trágicamente, su muerte fue muy conveniente para ellos.

Belle apretó su brazo en un gesto de consuelo.

–Lo siento.

–Nunca nos permitieron tener mascotas porque a mi madre no le gustan los animales. Tito y Carina fueron el primer gesto de rebeldía de Cristiano. Según él, la presencia de los chihuahuas evitaba que mi madre apareciese sin avisar en su apartamento en Florencia.

Belle esbozó una sonrisa.

–Tenía sentido del humor.

–En realidad, era el alma de todas las fiestas, pero tenía la autoestima muy baja y cuando había algún problema, el que fuera, siempre se culpaba a sí mismo.

–¿Tu madre tiene por costumbre hacer visitas inesperadas? –le preguntó Belle entonces con tono aprensivo.

–No, tranquila. Si apareciese, yo me encargaría de ella –le aseguró Dante.

–¿Tu casa está muy lejos de la residencia canina?

–A diez minutos –respondió él, poniendo los ojos en blanco al ver que Belle estaba a punto de regañarlo–. De acuerdo, de acuerdo, intentaré buscar un hogar para los perros. No es lo que Cristiano quería, pero tienes razón, sería lo mejor para ellos.

Belle apartó la mirada, compungida. Entendía el profundo dolor y el sentimiento de culpa que atormentaban a Dante. Era tan diferente al hombre que ella había creído que era. Sus emociones y sus heridas eran profundas. No había nada superficial en él. Si al final estaba embarazada, no intentaría presionarla para que hiciese algo que no quería hacer y eso era un alivio.

Una de sus amigas se había dejado convencer por su novio para interrumpir un embarazo. Había aceptado creyendo que eso salvaría su relación, pero no había sido así y tardó mucho tiempo en superar la decisión que había tomado. Belle no quería estar en esa situación, aunque en su caso, tuvo que reconocer con tristeza, no habría relación que salvar.

Después de salir de la autopista tomaron una estrecha carretera llena de curvas. Belle seguía admirando el maravilloso paisaje toscano, las colinas verdes, los valles cubiertos de cipreses y las casas con tejado de terracota cuando el coche se detuvo.

—Bienvenida al *palazzo* Rosario —anunció Dante.

Belle se quedó boquiabierta al ver frente a ella una magnífica mansión.

—Podrías haberme dicho que vivías en un palacio construido por Palladio.

—¿Cómo sabes que es una obra de Palladio? —le preguntó él, sorprendido.

—¿Es que una camarera no puede saber nada de arquitectura?

—Yo no he dicho eso. Es que pocas personas reconocen su trabajo a primera vista y siento curiosidad.

—Mi abuelo era un enamorado de la arquitectura y tenía una gran colección de libros —le contó Belle—. Cuando era pequeño soñaba con ser arquitecto, pero por supuesto, solo era un sueño.

—¿Por qué?

Belle dejó escapar un suspiro.

—En su época, los chicos de clase trabajadora se

ponían a trabajar en cuanto tenían edad para hacerlo. Daba igual lo inteligentes que fuesen. Seguir estudiando era imposible. Mi abuelo trabajó como contable en una oficina durante toda su vida.

—Pero te habló de arquitectura —dijo Dante.

—Era un interés personal. Ahorraba dinero para comprar esos libros. Me enseñaba las fotografías y me contaba su historia —murmuró Belle, recordando esos momentos con ternura y pensando de nuevo lo afortunada que había sido de tener a sus abuelos.

—Yo también aprendí de joven. El *palazzo* era de mi tío por parte de madre, Jacopo Rozzi, un historiador de arte. Nunca se casó y cuando murió me lo dejó todo a mí, por eso soy independiente de mi familia —le contó Dante—. Le debo mucho, fue muy generoso conmigo.

—¿Así es como empezaste en el mundo de los negocios? —le preguntó ella, admirando las columnas de la entrada y la perfecta simetría de las ventanas.

—Jacopo invirtió en mi idea mientras yo estaba en la universidad. Él me ayudó a empezar y me dio sabios consejos.

Mientras hablaba, pensó que nunca había hablado con tanta naturalidad con una mujer. Era tan sincera, tan sencilla, tan adorable. Incluso le molestaba que prestase más atención al *palazzo* que a él. Algo completamente anormal y absolutamente irritante.

—¿Belle? —la llamó cuando estaba subiendo alegremente los escalones de piedra, con el recién liberado Charlie corriendo tras ella.

Cuando se dio media vuelta, con los ojos brillantes y esa masa de rizos pelirrojos volando frente a su cara, incitó en él un deseo volcánico. Sin pensar, la tomó entre sus brazos, enredó los dedos en sus rizos y se apoderó de sus labios.

Sorprendida, Belle se apoyó en el sólido torso masculino, el feroz sabor de su deseo haciendo que se derritiera. Mareada por el abrazo, trastabilló cuando la soltó y Dante la tomó en brazos para entrar en el *palazzo*, con Charlie detrás ladrando entusiasmado.

Belle soltó una carcajada. Decir que habían hecho una entrada triunfal sería decir poco y los empleados que esperaban en el vestíbulo los miraban con los ojos como platos.

Dante la dejó en el suelo para hacer las presentaciones y, ruborizada por su comportamiento, pero inmediatamente tranquilizada por las sonrisas comprensivas de los empleados, Belle los saludó alegremente.

Cuando uno de ellos se encargó de las maletas y los demás volvieron a sus tareas, Dante la soltó.

Y entonces se dio cuenta de que el beso no había sido espontáneo.

Todo era parte de la farsa. Seguramente había querido dar la impresión de que de verdad eran una pareja. Había sido una escena para los empleados, nada más. La sonrisa despareció de sus labios y se regañó a sí misma por creer, aunque solo fuese durante un segundo, que Dante Lucarelli había sucumbido a la pasión que sentía por ella.

La primera planta, el *piano nobile*, estaba formada por una serie de salones amplios, separados por columnas, según los típicos planos de Palladio. Había maravillosos frescos en las paredes, estatuas clásicas y multitud de detalles arquitectónicos que no podía apreciar en unos minutos.

–¿Usas esta zona para recibir a tus amigos? –le preguntó.

–Solo si hago alguna fiesta, pero no las hago a menudo. He reformado algunas salas, pero reformar este sitio no es fácil porque Jacopo me dejó un tesoro de casa y no me gusta hacer cambios. Pero tengo que vivir aquí, así que debe convenir a mis propósitos –le contó Dante mientras subían por la escalera y entraban en un vasto dormitorio.

Fue entonces cuando Belle se dio cuenta de que, naturalmente, iban a compartir dormitorio. Pero al ver la enorme cama con dosel, y el opulento edredón de seda en color vino, soltó una carcajada. Como si no fuera lo bastante imponente, la cama estaba colocada sobre una especie de tarima, como si fuera un trono.

–Por favor, dime que no tengo que dormir en esa monstruosidad.

–Debes saber que es una auténtica cama Luis XIV –le informó él, con un brillo burlón en los ojos–. Y es muy cómoda. Mira, hasta Charlie se ha dado cuenta.

–¡Charlie, baja de ahí! –gritó Belle. El terrier no había tenido el menor problema en saltar a la cama y ponerse cómodo, pero Belle lo tomó en brazos para dejarlo en el suelo–. Así que vives en un libro de historia –comentó después–. Nunca lo hubiera imaginado.

–Mis padres viven solo a unos kilómetros y solía venir a menudo cuando era pequeño. Agradecía muchísimo el interés que mi tío se tomaba por mí porque en casa no recibía mucha atención –le contó Dante–. Me criaron varias niñeras, algunas mejores que otras, pero solo unas pocas duraban más de un año porque mi madre es una persona muy exigente. Cristiano y yo estudiamos en un internado, pero Jacopo iba a buscarnos y nos traía aquí muchos fines de semana. Era un hombre encantador y creo que le dábamos pena.

–¿Tenía buena relación con tus padres?

–No, al contrario. Además, mis padres siempre habían pensado que ellos serían los herederos y que me lo dejase todo a mí, el hijo más joven y rebelde, les pareció un insulto.

–¿Qué edad tenías cuando murió?

–Veintiún años.

Belle sacudió la cabeza. Heredar un palacio como aquel siendo tan joven…

–Has vivido una vida extraordinaria y aún no has cumplido los treinta años –murmuró, pensativa–. Puede que no hayas contado con el cariño de tus padres, pero has sido bendecido en otros sentidos.

–¿Quieres que te enseño el *palazzo* ahora o más tarde? –le preguntó Dante.

–Más tarde –respondió ella–. Estoy un poco cansada. Me gustaría ducharme y dormir una siesta.

–Como quieras. La cena se sirve a las ocho.

En realidad, Belle estaba pensando que necesitaba apartarse y espabilarse lo antes posible. Estaba en el *palazzo* Rosario solo para interpretar un papel, el de novia oficial de Dante Lucarelli. Dante le había recordado ese hecho cuando la besó y la llevó en brazos como si fuese una novia de verdad, pero no habría hecho tal demostración pública de afecto si no estuviera fingiendo. Las parejas de verdad se besaban, reían y hacían el tonto de ese modo, pero debía recordar que ellos no eran una pareja de verdad.

Cuando abrió la puerta que conectaba con el cuarto de baño, una preciosa habitación en mármol de Carrara con una bañera de cobre bajo un amplio ventanal, esbozó una sonrisa. Una maravilla, pensó, pero estaba demasiado cansada para darse un baño y prefería disfrutarlo en otro momento.

No podía dejar de pensar en Dante. Acostarse juntos había complicado el acuerdo, tuvo que reconocer mientras se duchaba. De repente, no sabía cómo portarse, qué era aceptable y qué no.

¿Esperaría que se portase como una novia cariñosa a todas horas de cara a los empleados? Después de la entrada que habían hecho, probablemente sí.

O tal vez esperaba que hiciese su vida mientras él se ocupaba de sus asuntos. Su gran momento llegaría en diez días, cuando apareciesen los invitados. Y, al mismo tiempo, sabría si estaba o no embarazada.

¿Pero qué probabilidades había de que lo estuviera? Se decía a sí misma que no era posible, pero el accidente había ocurrido durante el momento más fértil del mes.

Estaba lavándose el pelo cuando se abrió la puerta del baño. Belle se pegó a la pared de la ducha, regañándose por no haber echado el cerrojo. ¿Y si era el ama de llaves o algún otro empleado?

Pero era Dante, que la miraba con una sonrisa en los labios.

—He decidido que a mí también me vendría bien una siesta —anunció mientras se quitaba la camiseta, con un espectacular movimiento de músculos.

Belle tragó saliva. Había pensado que no se acercaría a ella hasta la noche, cuando tuviesen que compartir la enorme cama, pero estaba descubriendo que era mejor no dar nada por sentado con Dante. Le había dicho que era un hombre apasionado y era verdad.

Le gustaba el sexo. Mucho. La deseaba y a ella le pasaba lo mismo. De hecho, no había deseado a nadie con tan apasionada intensidad en toda su vida.

Podía vivir el momento, ¿no?

Sintió un cosquilleo en la pelvis al ver que se quitaba los vaqueros y tuvo que contener el aliento al ver a Dante desnudo y excitado por primera vez. Nunca lo había visto así a la luz del día.

Y sí, definitivamente tenía en mente algo más que una siesta.

Entró en la ducha con ella, el deseo ardiendo en sus ojos dorados. Belle literalmente dejó de respirar cuando la aplastó contra la pared. Sentía un calor salvaje entre las piernas, pero no sabía qué esperaba él o qué debía hacer. La noche anterior había sido virgen, tímida e ignorante de tantas cosas. Y aunque ya no era ingenua, metro ochenta y cinco de hombre desnudo y bronceado era demasiado para ella.

Dante levantó su barbilla con un dedo para mirarla a los ojos.

—¿Estás cansada?

—Pues… no —respondió ella, sin aliento.

—¿Estás dolorida?

Belle negó con la cabeza, colorada como un tomate. Pero era una mentirijilla. Seguía doliéndole un poco, pero, de modo inexplicable, su cuerpo anhelaba el acto de intimidad que había roto todas sus defensas, sus inhibiciones y sus miedos como una adictiva droga.

Pero también sabía que quería más de lo que Dante estaba dispuesto a darle y sus inseguridades despertaron de nuevo. Él solo quería sexo, no sentía la atracción magnética, el apego que sentía ella, por mucho que intentase resistirse. Era conveniente y estaba disponible. Solo iba a hacer un papel por el que él le pagaba. Un papel que, de algún modo, se había vuelto real. Pero no era real porque ella no era su novia de verdad. Dante no la había invitado a compartir su casa; solo estaría allí diez días y después todo habría terminado.

¿Y en qué la convertía eso? ¿Era como su madre, una mujer que se contentaba con ser el juguete de un hombre durante un tiempo, agradeciendo los regalos que él estuviese dispuesto a darle?, se preguntó, horrorizada.

–¿Qué ocurre? –le preguntó Dante, tomando sus brazos para ponerlos alrededor de su cuello como si fuera una marioneta.

–Nada –respondió Belle, intentando luchar contra el sentimiento de culpa. No era lo mismo, se decía, ella no era como su madre.

Lo que había pasado entre Dante y ella no había sido planeado por ninguno de los dos. Había sido algo fortuito, inesperado.

–Ese beso me ha encendido como nunca –murmuró Dante, rozando su cuello con los labios–. Y luego te imaginé aquí, en la ducha, desnuda... era demasiado tentador.

–¿Así que a partir de ahora tengo que estar vestida todo el tiempo? –intentó bromear Belle.

–No serviría de nada porque seguramente me pondría en plan hombre de las cavernas y te arrancaría la ropa –respondió él, mordiéndola suavemente entre el cuello y el hombro y provocando una oleada de calor en su entrepierna.

Cuando la miró con esos fabulosos ojos dorados,

Belle inclinó la cabeza y lo besó. No había ayer ni mañana en ese beso, ningún pensamiento en absoluto, ninguna certeza. Sencillamente, no podía esperar un segundo más para besarlo, para saborear esa boca tan sensual, tan masculina. No iba a seguir dándole vueltas a algo a lo que no era capaz de resistirse.

Dejando escapar un gruñido, Dante la aplastó contra su torso apoyó la frente en la suya, suspirando.

–Necesito un preservativo. Hemos tenido un accidente y no quiero arriesgarme de nuevo.

–No, claro –asintió ella mientras la dejaba en el suelo.

Pero se sentía… vacía, abandonada. Necesitaba su calor.

Dante salió de la ducha y lo oyó abrir cajones mientras terminaba de quitarse la mascarilla del pelo. Unos segundos después, volvió a la ducha y la abrazó por detrás, acariciando sus pechos con una mano y pellizcando sus pezones con la otra hasta provocar un torrente de lava entre sus piernas.

–No lo encontraba. Es que no suelo traer mujeres aquí, tú eres la primera –le dijo.

–¿Dónde las llevas? –le preguntó ella, tontamente dolida al imaginarlo con otras mujeres.

Aunque era absurdo. Por supuesto, había habido otras mujeres en su vida. Al parecer, muchas.

–Voy a su casa, siempre. Tú eres única.

Pero solo porque no tenía más remedio, pensó Belle. No podía hacerse pasar por su novia a distancia.

–Única en todos los sentidos –siguió Dante, pasando las manos por su cuerpo hasta llegar al punto más sensible, acariciándola allí hasta que se le doblaron las rodillas.

Luego le dio la vuelta y, apoyando una mano en la pared, se enterró en ella dejando escapar un gruñido de satisfacción. Belle estaba perdida en las sensaciones, totalmente abandonada y rendida. Necesitaba más y él se lo dio. Le dio todo lo que quería hasta que la terrible tensión se rompió y llegó a un orgasmo que la dejó exhausta.

–¿Lo ves? Eres única –dijo él con voz ronca–. No gritas mi nombre, ni siquiera me dices lo estupendo que soy. La ironía es que quiero que hagas todas esas cosas.

Belle pensó en esa confesión durante la cena. Ella nunca gritaría su nombre, nunca le diría lo fantástico que era porque en el momento que Dante consiguiera esa reacción sería igual que las demás mujeres con las que había estado y entonces, con toda seguridad, no querría saber nada más de ella.

Pensar eso la asustó. Estaba pensando como una amante, conteniendo su entusiasmo con la tonta esperanza de despertar el interés de Dante.

Su madre había sido casi una amante profesional, siempre buscando hombres ricos, haciéndose indispensable hasta que la llevaban a vivir a su casa. Complacer a los hombres había sido una forma de arte para Tracy y Belle no tenía la menor intención de seguir sus pasos, de modo que no habría estrategias ni mentiras. Sería como era y cuando Dante la rechazase, al menos no se habría traicionado a sí misma. Dante la habría rechazado a ella, no a una persona inventada.

Capítulo 7

D ANTE estudiaba a Belle durante el desayuno esbozando una sonrisa. Estaba medio dormida por su culpa, porque la había mantenido despierta la mitad de la noche, y se sintió culpable al notar que tenía ojeras y los hombros un poco caídos.

Estaba siendo demasiado exigente y lo sabía, pero cada vez que la miraba se excitaba de nuevo. Nunca le había pasado algo así. Normalmente, después de varios encuentros empezaba a enfriarse, pero con Belle quería más y más. Claro que no iba a preocuparse porque en un par de semanas se habría cansado. A él le gustaba tener su propio espacio, su privacidad. Siempre había sido así. Recordó entonces la habitación que había preparado para ella.

–Ven, quiero enseñarte una cosa –le dijo, apartando el periódico.

Belle dejó la taza sobre el plato y se levantó. Seguramente iba a enseñarle el *palazzo* como había prometido. Aunque le dolía todo el cuerpo, como si hubiera pasado horas en el gimnasio, y tenía un chupetón en el cuello. Había jugado con la idea de taparlo con un pañuelo, pero entonces se preguntó si sería una marca deliberada para que pareciesen una pareja de verdad.

Dante abrió una puerta y Belle esbozó una sonrisa.

Aquella era su habitación, amueblada con las cosas que había comprado en París. Aún estaba un poco vacía, pero resultaba muy invitadora. Una puerta de cristal daba al jardín, con multitud de árboles y setos bien recortados. La mayoría de las plantas eran de hoja perenne, con algunas flores blancas. Todo tenía la geometría perfecta de los jardines italianos.

–Este era uno de los estudios de mi tío. Le gustaba pasear por el jardín mientras estaba trabajando –le contó Dante.

Era una habitación preciosa, pero no entendía la necesidad de tener una habitación propia solo para un fin de semana. No era un dormitorio sino una habitación a la que podría retirarse para… ¿para qué?

Debía usarla como parte de la farsa, pero no era difícil entender el mensaje. Dante era un hombre que valoraba mucho su privacidad y tal vez le preocupaba que ella lo molestase. Usaría esa habitación tanto como pudiese, se prometió a sí misma, temiendo sentirse como una intrusa, una molestia.

–Es una habitación muy bonita –comentó, admirando la tapicería del sillón–. Por cierto, no me has dicho de qué te reías con el dueño de la tienda.

Dante esbozó una sonrisa que iluminó toda su cara.

–Al parecer, el sillón era de una *maison close*.

–¿Qué?

–Un burdel –le tradujo Dante–. Y está especialmente diseñado para que las señoritas se pusieran en… interesantes posturas para los clientes.

–Ah –murmuró Belle, atónita por la explicación, mientras estudiaba los brazos giratorios, intentando imaginar… y poniéndose colorada como un tomate.

–Sí, «ah» –asintió Dante, riendo–. Pero no te preocupes, no voy a pedirte que poses para mí. Me excito solo con verte en la cama, en la ducha. No tienes que posar ni hacer nada especial para volverme loco.

–Me alegro –murmuró ella, riendo. No podía imaginar la cantidad de cosas que habría visto ese sillón.

–Pediré más muebles y cuadros –anunció Dante entonces.

–No te gastes más dinero. Me iré muy pronto –le recordó Belle–. No merece la pena y, además, has dicho que no te gusta hacer cambios en la casa.

El ruido de la puerta y una voz femenina atrajeron la atención de Dante hacia la entrada.

–Será mejor que te quedes aquí –le dijo, haciendo una mueca–. Parece que es mi madre haciendo una de sus inesperadas visitas.

Belle sentía curiosidad y, desoyendo el consejo, se acercó al quicio de la puerta. De inmediato escuchó una voz femenina despotricando en italiano y las secas respuestas de Dante. Dio otro paso adelante y vio a una mujer alta y delgadísima, con el pelo rubio platino. Iba elegantemente ataviada con un vestido de color marfil y gesticulaba con un periódico que tenía en la mano.

–¿Es ella? –le preguntó, hablando en su idioma al verla en la puerta–. No seas tímida. Las mujeres tímidas no se pegan a hombres a los que conocen en un bar.

Dante giró la cabeza y alargó una mano.

–Ven…

Belle tomó su mano y miró a la mujer sin amilanarse.

–Te presento a mi madre, Sofia Lucarelli. Madre, Belle Forrester.

Belle no se molestó en ofrecerle su mano porque la expresión de desdén en el rostro de Sofia Lucarelli lo decía todo. No iba a ser bien recibida, eso era evidente.

–Su excelencia, la princesa Sofia –lo corrigió su madre, tirando el periódico a los pies de Belle–. ¿Una camarera que vive en una caravana? Tu tío se revolvería en la tumba si supiera qué clase de mujer has traído a su casa.

–No, yo creo que Jacopo se habría alegrado de conocer a Belle. Y si eso es todo lo que tienes que decir, madre, sugiero que te vayas.

–Cuando pienso en todas las mujeres que te he presentado… y tú has elegido a esta criatura –le espetó ella, furiosa, antes de dar media vuelta para salir de la casa y subir al deportivo rojo que estaba aparcado en la entrada.

No hagas caso. La mujer que acaba de insultarte ha disfrutado de una enorme cantidad de aventuras extramatrimoniales –le contó Dante mientras entraban en el salón.

–¿Y tu padre no dice nada?

–Mi padre mira hacia otro lado. Tal vez le da igual o tal vez él hace lo mismo, no lo sé y no tengo interés en descubrirlo.

Por su expresión, ese era un tema delicado y uno que le había dolido mucho.

–Nunca hablas de tu padre.

–Mi madre es la más dominante y él la apoya en todo lo que hace. Una vez pegó a Cristiano de tal modo que tuvieron que llevarlo al hospital –Dante sacudió la cabeza–. Mi padre no intervino. Ese es uno de mis primeros recuerdos.

–Qué horror. ¿Y nadie la denunció? Dijiste que teníais niñeras.

–No subestimes la habilidad de los ricos para esconder sus pecados y ocultar sus secretos –respondió él, irónico.

–¿A ti también te pegaban?

Dante levantó la barbilla en silenciosa confirmación, pero estaba claro que no quería hablar de ello y Belle lamentó haber hecho esa pregunta.

–Creo que voy a ojear algunos de los libros que has traído.

–Muy bien –murmuró Dante.

Unos minutos después, la puerta se abrió de nuevo.

–Es hora de que me cuentes algo sobre ti –dijo Dante, tomándola por sorpresa–. Tú pareces muy interesada en mi vida, pero yo sigo sin saber nada de ti y, de ese modo, no vamos a convencer a nadie de que somos una pareja.

Belle asintió, poniéndose colorada.

–Me criaron mis abuelos.

–Eso ya lo sé. Lo que no sé es por qué. ¿Qué fue de tus padres, han muerto?

–No, los dos están vivos… que yo sepa –respondió ella, dándole la espalda para mirar el jardín–. Mi madre era modelo y viajaba mucho, por eso me criaron mis abuelos. Mis padres rompieron antes de que yo naciese y él nunca ha querido saber nada de mí.

–¿Y tu madre?

–Nunca tuvimos una relación normal y cuando me hice mayor no tenía interés en seguir en contacto conmigo. Ni siquiera sé dónde vive.

–¿Y no quieres saberlo?

–No, la verdad es que no –le confesó Belle–.

Cuando era pequeña esperaba las visitas de Tracy con emoción… pero eran muy raras y su falta de interés me dolía en el alma. Había creado una imagen irreal de mi madre, pero la realidad nunca se pareció a esa imagen y aprendí a aceptar que Tracy era como era.

—¿Nunca has vivido con ella?

—Me llevó a vivir con ella cuando tenía catorce años. Entonces vivía con un hombre que tenía hijos pequeños —Belle hizo una mueca—. Más tarde entendí que solo me había llevado allí para que cuidase de los niños, pero entonces no quería creerlo. Quince días después de llegar, su novio se me insinuó y, sin esperar un minuto, Tracy hizo mi maleta y me llevó de vuelta a casa de mis abuelos. Me culpaba a mí por lo que había pasado, no a él. Según ella, debía haber tonteado con su novio, debía haberlo provocado.

—¿Y qué fue del novio? —le preguntó Dante.

—Rompieron poco después. Y seguro que también me culpa a mí por ello.

—Vaya, parece encantadora. Tanto como mi madre —comentó él, irónico—. No todo el mundo está hecho para ser padre. Y, francamente, creo que yo tampoco lo estoy.

Belle palideció, pero decidió no darle muchas vueltas. Al menos estaba siendo sincero sobre sus sentimientos, se dijo. Ella no quería que mintiese, pero estaba claro que si había quedado embarazada Dante sería un padre ausente.

—Mañana debo acudir a una cena benéfica y quiero que vengas conmigo. Steve y su mujer, Sancha, irán también. Es una cena formal, así que tal vez querrás ir a la peluquería.

—¿Tengo que hacerlo?

–No, si no quieres no. Me gusta tu pelo así, rizado –Dante alargó una mano para tocarlo y luego tomó su mano–. Pero tienes que arreglarle las uñas. ¿Has vuelto a mordértelas?

Belle estuvo a punto de mentir, pero decidió que no tenía sentido.

–Me he quitado la laca con los dientes, pero las uñas falsas están pegadas con un pegamento que sabe fatal –tuvo que admitir.

Dante esbozó una sonrisa, relajado por primera vez desde la visita de su madre.

–Llamaré para que vengan a arreglártelas. Me alegra saber que las uñas falsas sirven para que no te muerdas las tuyas. No te he visto intentarlo en las últimas veinticuatro horas.

–¿Y qué debo hacer si me pongo nerviosa?

–Besarme –sugirió él, trazando su labio inferior con la punta del dedo–. Te garantizo que eso hará que te olvides de las uñas.

Belle se apartó a toda prisa para sentarse en el sillón del burdel, con una novela de Jane Austen. Lo que Dante podía hacerla sentir con el más simple roce era un aterrador recordatorio de que no controlaba la situación.

Tenía que poner límites, se dijo a sí misma, y tenía que imponerlos rápidamente. Y, sobre todo, tenía que dejar de derretirse cada vez que la tocaba. Y no para intentar atraer su interés sino para conservar la cordura y la autoestima.

No quería que Dante le rompiese el corazón cuando ya no le sirviera y la enviase de vuelta a Gran Bretaña.

Él la miró haciendo una mueca, preguntándose qué le pasaba y echando de menos la chispa, las bromas, su habitual simpatía. Pero salió de la habitación, recordándose a sí mismo que tenía trabajo que hacer.

–¿Te importa que vaya a visitar a los perros de tu hermano? –le preguntó Belle cuando estaba a punto de salir.

Dante se encogió de hombros.

–Mi conductor está aquí para algo. Él te llevará donde le digas.

Belle pasó el resto de la mañana en el jardín, jugando con Charlie, y se reunió con Dante en el comedor a la hora del almuerzo. Perdida en sus pensamientos, apenas dijo una palabra hasta que Dante tiró la servilleta sobre la mesa en un gesto de impaciencia.

–Veo que estás enfadada. Si es por algo que yo he dicho o hecho, me gustaría saber de qué se trata.

–No, es que no me siento cómoda, no me gusta cómo me tratas –lc confesó Belle.

–¿A qué te refieres?

–Se supone que solo debemos portarnos como una pareja cuando estemos en público, pero tú… en fin, me tratas como si lo fuéramos incluso estando solos y eso es desconcertante. Nosotros no tenemos una relación.

–¿No? Pensé que teníamos una aventura –replicó Dante, desconcertado por la crítica y por su evasiva mirada–. Si no es así, o tú no quieres que sea así, dímelo y no volveré a tocarte.

Y allí estaba la verdad, en su cara: no significaba nada para él.

Pálida, nerviosa, Belle asintió.

–Creo que sería lo mejor.

Dante apretó los dientes. El rechazo era algo nuevo para él, una sorpresa inesperada. Tomó aire y lo expulsó despacio, intentando calmarse. ¿Qué había de desconcertante en una aventura? Claro que Belle había sido virgen hasta que lo conoció, pensó entonces. Además, tenía derecho a su espacio, si lo quería, y el sexo no era parte del acuerdo.

¿Pero cómo podía apagarse así, de repente? ¿Qué había hecho o dicho para que cambiase de opinión? La noche anterior se había mostrado feliz y contenta de estar entre sus brazos.

Tal vez él la deseaba más de lo que lo deseaba Belle, se dijo. O tal vez quería dormir tranquilamente esa noche. ¿Habría sido demasiado exigente, demasiado bruto?

Belle intentaba contener las lágrimas mientras subía al coche para visitar a los perros de Cristiano. Dante no había discutido, no había intentado convencerla para que cambiase de opinión y eso demostraba lo que más temía: que era poco más que un desahogo sexual para Dante. Y ella merecía algo más que eso. Camarera o no, viviendo en una caravana o no, tenía que valorarse a sí misma.

Tito y Carina se mostraron locos de alegría al verla de nuevo. Belle los sacó al patio para hacer ejercicio e intentó enseñarles trucos como sentarse o dar la patita, recompensándolos con galletitas si lo hacían bien. Aunque no solían hacerlo.

—Demasiado mayores y malcriados —le dijo el propietario de la residencia.

Charlie entró en el estudio de Dante y se tumbó tranquilamente bajo la ventana, sobre una carísima alfombra persa. Dante no le hizo caso y Charlie, bien entrenado por su experiencia con los clientes del restaurante, tampoco le prestó ninguna atención.

Pero cuando llegó la hora del café y Dante tomó una galleta, el terrier se levantó como por un resorte para colocarse frente a él, mirándolo con cara de pena.

—Ah, qué listo eres.

Recompensado y satisfecho con una galleta, Charlie volvió a tumbarse tranquilamente bajo la ventana.

Unos minutos después, Belle asomó la cabeza en el estudio.

—Ah, aquí está. Iba a preguntarte si habías visto a Charlie.

—Es muy tranquilo —dijo él, sonriendo al ver que el perrillo se levantaba para saludar a su dueña—. ¿Qué tal los enanos terribles?

—Bien. Hemos hecho algunos ejercicios.

—No creo que les haya gustado.

—Sí les ha gustado. Además, cuando se cansan están más tranquilos.

Dante la estudió, pensativo. Llevaba un top de color verde y un pantalón vaquero corto donde los chihuahuas habían dejado las marcas de sus patas. Aunque seguramente ella no se había dado cuenta.

Y seguía dejándolo sin aliento. Sus rosados labios, sus fabulosos pechos y la curva de su trasero inspiraban un deseo inmediato, extraordinario, que lo llenaba de frustración.

—Siempre tan optimista. Te gusta ver el lado positivo de todo, ¿no?

—Normalmente sí.

—Pero no conmigo. He sido juzgado y condenado sin juicio.

Belle se puso colorada.

–Siento que pienses eso. Solo estoy intentando ser sensata.

–¿Qué quieres decir? –preguntó Dante, levantándose del sillón.

Ella hizo una mueca, señalando alrededor.

–Los muebles, la ropa, las joyas, esta casa tan maravillosa… eso haría que cualquiera se volviese loco, pero no es real, no es mío y no va a durar –razonó, incómoda, mordiendo la bala de una verdad desagradable–. No quiero enamorarme de ti porque no quiero que me rompas el corazón.

Dante la miró, en silencio. Nunca había conocido a una mujer tan sincera y esa confesión lo dejó atónito.

–No puedo creer que hayas dicho eso.

–No tiene sentido mentir, ¿no? Después de todo, tú no quieres que me enamore de ti y lo que llamas una «aventura» es algo muy intenso para mí porque nunca he tenido una relación seria… sí, ya sé que esto no es serio para ti, pero para mí lo es.

–Muy bien, lo entiendo –asintió él, dando un paso atrás como si hubiera mencionado algo contagioso. Incluso había palidecido–. Pero no es amor, es una simple atracción porque he sido tu primer amante. Te olvidarás de mí enseguida, Belle, en cuanto vuelvas a tu país y empieces a vivir.

–Sí, bueno, gracias por el sabio consejo –replicó ella, irónica, antes de salir del estudio.

Dante dejó escapar el aliento, pensativo. Él nunca había estado enamorado. Cristiano se había enamorado muchas veces, siempre de hombres que lo utilizaban. Su hermano, que siempre buscó el amor verdadero, le había hecho ver que era una loca esperanza que chocaba con la triste realidad. Por supuesto, Belle no estaba enamorándose de él, pero había conseguido una jugada maestra con ese argumento porque, a partir de ese momento, Dante estaba decidido a no tocarla.

Lo había asustado. Y deliberadamente, además.

¿Qué le pasaba? Se sentía raro. Necesitaba encontrar otra mujer para hacer borrón y cuenta nueva, se dijo. Tenía que olvidar la última semana, olvidarse de Belle por completo.

No podía ser tan difícil. Adiós a lo antiguo y hola a lo nuevo. Siempre había sido así.

Belle intentaba leer un libro mientras se preguntaba cómo iba a enfrentarse con Dante a la hora de cenar después de lo que le había dicho. Se mordió los labios, avergonzada. ¿Cómo podía haberse humillado de ese modo? Pero era cierto que estaba empezando a sentir algo por él, algo completamente inapropiado. Tenía que cortarlo de raíz y la única forma de hacerlo era evitando la intimidad. Dormirían en la misma cama, pero solo eso. No tenían por qué hacer nada más.

Belle cenó sola y, después de darse un largo baño, se fue a la cama temprano. Por su parte, Dante fue a una fiesta en Florencia, pero no sentía el menor entusiasmo. Encontraba defectos a todas las mujeres hasta que, por fin, entendió que la única mujer a la que deseaba estaba, irónicamente, en su casa, en su cama... y no podía tenerla. ¿Por qué Belle le parecía mucho más deseable que ninguna otra? ¿Era porque lo había rechazado? ¿Había entrado en juego su ego o él era más respetuoso de lo que nunca hubiera imaginado? Desde luego, no quería hacerle daño, pensó mientras tomaba su quinta copa.

Hastiado, decidió pasar la noche en un hotel porque, en ese estado mental, no confiaba en sí mismo. Pero no podía dormir. No dejaba de imaginar a Belle en su cama y recordar lo que le hacía sentir. Raro, le hacía sentir raro, decidió casi al amanecer.

Belle despertó en una cama vacía y se preguntó dónde habría pasado Dante la noche. Se sentía culpable por haberlo hecho sentir incómodo en su propia casa, aunque no había sido esa su intención.

Cuando bajó a desayunar lo vio subiendo por la escalera con aspecto desaliñado y soñoliento. Se había quitado la corbata y su chaqueta estaba arrugada. Sin afeitar, la sombra de barba oscurecía sus imponentes facciones, pero no se atrevió a decir nada.

Podría haber bromeado. Podría haberle preguntado: ¿el paseo de la vergüenza, Dante?

Pero no tenía valor para hacerlo, ni para enfrentarse con algo que era como un cuchillo en su pecho: la posibilidad de que hubiera pasado la noche con otra mujer.

La manicura llegó por la mañana para arreglarle las uñas y pintarlas de un color azul oscuro que le gustaba mucho más que el rosa pastel. Sus uñas irían a juego con el vestido largo que había elegido para la cena benéfica de esa noche y se prometió a sí misma que, en esa ocasión, no se las mordería. De hecho, estaba dispuesta a admitir que sus manos parecían mucho más bonitas con esas uñas perfectas.

Se pondría el colgante y los pendientes que Dante le había regalado y haría lo posible por mostrarse serena, aunque estaba nerviosa porque no quería defraudarlo en público. Después de todo, la había contratado para que actuase como si fueran una pareja. Daba igual lo que sintiera por dentro, tenía que portarse como si de verdad fuese su novia.

Después de vestirse salió de la habitación y, desde arriba, vio a Dante paseando por el vestíbulo. Llevaba un esmoquin que destacaba sus anchos hombros, la camisa blanca haciendo contraste con su bronceada piel. Era guapísimo, pero no le estaba permitido pensar así. Ni mirarlo así, se dijo.

Dante se dio la vuelta y cuando la vio bajar por la escalera algo se expandió en su pecho. Su belleza nunca había sido más evidente que con ese sencillo y elegante vestido largo, el fabuloso pelo rojo cayendo sobre sus hombros como a él le gustaba, la falda abriéndose cada vez que daba un paso, mostrando una pierna torneada y elegante.

Sus ojos no brillaban como antes. Los había visto brillar muchas veces mientras lo miraba a hurtadillas, pero el brillo había desaparecido. Como había imaginado, como había deseado, Belle estaba alejándose de él, sacudiéndose esos tontos sentimientos que, en su ingenuidad, no era capaz de entender.

Se dijo a sí mismo que era un alivio, pero no era verdad. No había esperado que se olvidase de él con tanta facilidad y, por alguna razón, eso lo ponía de mal humor.

—Steve y Sancha nos guardarán la mesa, así tendrás amigos con los que charlar —comentó, como si hubiese notado su inseguridad por acudir a un evento al que solo podían acudir los más ricos.

Belle levantó la barbilla, a punto de decir que Steve y Sancha no eran amigos suyos sino clientes VIP a los que había atendido en el restaurante. Pero no dijo nada porque no quería que Dante supiera lo nerviosa e insegura que se sentía.

La cena tenía lugar en el espléndido salón de un edificio público con maravillosos frescos en el techo. Había gente por todas partes, hombres con esmoquin, mujeres con maravillosos vestidos de diseño y joyas que brillaban bajo las lámparas de araña.

Steve Cranbrook y su mujer los llamaron desde una mesa al fondo del salón y Dante apretó su mano mientras se abría paso entre la gente.

–¿Saben que esto es una farsa? –le pregunto Belle en voz baja.

–Sí, pero son los únicos –respondió él.

Belle se relajó un poco al saber que no tendría que fingir con sus compañeros de mesa. Sancha, una voluptuosa morena, charlaba por los codos, hablando sobre la fundación para la que se había organizado la cena. Belle le preguntó por sus hijos, un adorable cuarteto de niños rubios con los que había jugado a menudo en la terraza del restaurante.

Los invitados empezaron a sentarse para escuchar los discursos y Belle miró alrededor. En una mesa cercana estaba la estirada princesa Sofia, sentada al lado de un hombre de pelo gris que debía ser el padre de Dante porque tenía el mismo perfil clásico.

Giró la cabeza y, de repente, sintió una sacudida en el pecho al ver a un hombre que la miraba fijamente.

Era imposible. ¿Podía ser su padre? Nueve años, habían pasado nueve años desde la última vez que vio a Alastair Stevenson. El pelo rojo, que ella había heredado, había encanecido un poco en las sienes, pero aparte de eso tenía buen aspecto. Debía tener unos cuarenta y cinco años, mucho más joven que su madre, y el paso de los años había sido amable con él.

Belle apartó la mirada, sintiéndose enferma de repente. El padre que la había rechazado tan cruelmente, el que había dicho que no quería saber nada de la hija de Tracy, como si no fuera también su hija. Sin duda, la miraba tan fijamente porque no podía creer que su hija, a la que nunca había querido reconocer, pudiese estar en un evento benéfico reservado para los miembros de la alta sociedad.

Era una horrible coincidencia, pensó, angustiada. Pero después de nueve años, debería ser lo bastante madura como para lidiar con ese encuentro sin descomponerse.

Cuando terminó la cena, la orquesta empezó a tocar y algunas parejas se dirigieron a la pista de baile.

—Perdona —murmuró Belle mientras se levantaba de la silla.

—¿Qué ocurre? —le preguntó Dante, tomándola por la muñeca—. ¿Dónde vas?

Belle enarcó una ceja. Reaccionaba como un hombre que preferiría tenerla encadenada a su lado, pensó. Aunque era absurdo.

—Al lavabo…

—¿Te encuentras bien? —le preguntó él, soltando su mano. Nunca la había visto tan pálida.

—Sí, estoy bien —respondió Belle antes de alejarse a toda prisa.

Capítulo 8

BELLE se quedó unos minutos en el lavabo, intentando calmarse. La sorpresa de ver a su padre allí, después de tantos años, la había puesto enferma, pero debía volver al salón.

Estaba abriéndose paso entre la gente cuando se detuvo de golpe, incrédula, al ver al hombre al que había esperado evitar directamente frente a ella. Intentó pasar a su lado a toda prisa, pero él puso una mano en su brazo.

–¿Belle? –la llamó, con esa voz ya casi olvidada.

Belle miró unos ojos idénticos a los suyos y se llevó una mano al corazón, sintiendo como si estuviera al borde de un precipicio.

–Señor Stevenson –consiguió decir con tono helado.

–¿Sabes cuánto tiempo llevo intentando localizarte? –le preguntó él entonces con tono dolido–. ¿Cuántos años llevo buscándote? Me crucificas con la primera palabra… y me lo merezco. Sí, lo merezco, pero necesito que me des unos minutos de tu tiempo. ¿Harías eso por mí?

Belle se quedó atónita al saber que había estado buscándola. Y más aún por el tono emocionado con el que hablaba ya que el hombre al que recordaba había sido frío y hostil.

–Por favor –dijo Alastair cuando el silencio se alargó.

Dante estaba inquieto, mirando a un lado y a otro del salón. No sabía dónde estaba Belle, pero intuía que ocurría algo. Sabía por instinto que ocurría algo.

¿Se habría puesto enferma? ¿Estaría disgustada con él? Steve y Sancha habían vuelto a la mesa y su amigo se inclinó para preguntarle al oído:

–¿Belle conoce a Alastair Stevenson?

Dante frunció el ceño.

Alastair Stevenson era un administrador de fondos de inversión muy conocido en Gran Bretaña.

–¿De qué estás hablando?

Steve señaló con la cabeza y, atónito, Dante vio a Belle con Stevenson al fondo del salón. Estaban mirándose el uno al otro, las cabezas inclinadas como si estuvieran compartiendo un secreto. Mientras miraba a la pareja, Alastair Stevenson le dijo algo al oído, tomó a Belle de la mano y se abrió paso entre la gente.

Dante masculló una palabrota en italiano.

–Está claro que se conocen –dijo Steve–. Tal vez sea su padrino o algún pariente.

–No lo creo –murmuró él, intentando contener su ira–. Belle me lo habría contado.

–Han salido al jardín.

–¿Qué? –Dante saltó de la silla.

–¿Belle fuma? –le preguntó Steve.

–No, se muerde las uñas.

Un mal hábito y una debilidad extrañamente enternecedora y reveladora. Cada vez que se llevaba una mano a la boca era porque estaba nerviosa o temía algo.

¿Por qué había salido al jardín con ese hombre?

No tenía sentido. Belle no era ese tipo de mujer. O, al menos, él había pensado que no era el tipo de mujer que se ponía como objetivo encontrar un hombre rico. Pero solo estaba obligada con él durante una semana más, recordó entonces. Y no tenía derecho a pedirle nada más. La virginidad a los veintidós años no indicaba que fuese una santa y no tenía por qué serle fiel.

Había sido un ingenuo, pensó. Él, que nunca lo había sido con las mujeres y las maldades de las que eran capaces.

Belle y Alastair se sentaron en la terraza, pero cuando su padre le pidió champán a un camarero ella negó con la cabeza.

—No, yo prefiero agua —se apresuró a decir, esperando hasta que el hombre se alejó—. Así que la agencia de detectives que contrataste me encontró por las fotos de la revista. Pero eso fue solo hace unos días.

—Y lo dejé todo para venir aquí —dijo Alastair—. No quería que volvieses a desaparecer. Conseguí una invitación para la cena de esta noche y recé para que vinieses con Lucarelli porque no quería ir a su casa —el hombre hizo una mueca—. Aquí no puedo contarte todo lo que debo contarte. No quiero ofenderte hablando de tu madre y de la horrible relación que tuvimos desde tu nacimiento.

—Yo no he visto a Tracy desde la muerte de mi abuelo y te aseguro que no me ofendería saber lo que piensas de ella.

Alastair asintió con la cabeza.

—Cuando Tracy quedó embarazada yo era muy joven e ingenuo. No firmamos ningún acuerdo legal porque yo no quería que nadie supiera nada de nuestra aventura, así que tuve que pagar todas las facturas que me enviaba… y sus exigencias económicas eran tremendas. Cuando le dije que quería solucionar el tema de la pensión alimenticia a través de un abogado, ella me amenazó con llamar a mi mujer, Emily, a quien había conocido un año después de romper con tu madre. Y yo no quería que Emily supiera de tu existencia. No quería que nadie lo supiera… me sentía como un imbécil por haber dejado que Tracy se aprovechase de mí.

Belle frunció el ceño.

—¿Por qué te preocupaba tanto que Tracy hablase con tu mujer? La relación con mi madre había sido un pecado de juventud, antes de que te casaras con ella, ¿no?

—Así es, pero Emily es una mujer muy frágil. Su mayor sueño era tener un hijo, pero sufrió varios abortos espontáneos y luego… en fin, tuvimos un hijo que nació muerto —le contó Alastair, con tristeza—. Debería haberle hablado de ti antes de casarme con ella porque después no pude hacerlo. No podía decirle que ya tenía una hija de la que no sabía nada.

Belle asintió con la cabeza.

—Entiendo que quisieras proteger a tu esposa.

—Pero ahora Emily sabe que existes y Tracy ya no puede amenazarme, por eso he venido a buscarte. Tuve que sobornar a tu madre para que me dijese dónde te había visto por última vez —le contó él, disgustado—. Para entonces había descubierto que me había estafado con facturas falsas prácticamente desde el día que naciste, pero hasta hace poco no sabía que te habían criado tus abuelos y que habías ido a un colegio público hasta los dieciséis años.

Ella hizo una mueca.

—¿Facturas falsas?

–Salarios de las niñeras, colegios caros, internados exclusivos, clases de equitación, de ballet, médico privado, vacaciones, todo lo que se le ocurría.

–Yo no tuve nada de eso.

Su padre asintió con la cabeza.

–Pero entonces yo no lo sabía. Ella me enviaba facturas falsificadas que yo pagaba incluso al principio, cuando me costaba mucho hacerlo porque no tenía tanto dinero –le reveló Alastair–. Odiaba a Tracy porque me sangraba… y fue entonces cuando te conocí. Pagué contigo mi amargura y te pido disculpas por ello. Fui cruel e injusto contigo, Belle. Tú solo eras una niña esperando conocer a su padre.

–Lo he superado –dijo ella, apretando su brazo en un gesto de consuelo. Empezaba a entender lo que había pasado y esa revelación lo cambiaba todo. Tracy lo había chantajeado, le había mentido, se había aprovechado de él–. Tracy no es precisamente una buena persona.

–¡Te dejó sola cuando tu abuelo murió y se llevó el dinero de la herencia! –exclamó él, airado–. No me sorprende, claro, pero debemos intentar dejar todo eso atrás. Lamento muchísimo haberte tratado como lo hice cuando te conocí. ¿Podrás perdonarme, Belle? Sé que han pasado muchos años, pero… ¿es demasiado tarde o aún hay alguna posibilidad de que tengamos una relación?

Belle se emocionó cuando Alastair apretó su mano, mirándola con un brillo de esperanza en los ojos.

–Creo que podríamos intentarlo, a ver qué pasa –murmuró–. A mí me gustaría mucho.

Dante vio que su madre se acercaba, esbozando una sonrisa burlona.

–Vaya, parece que has llevado a una fulana a tu casa –susurró la princesa Sofia cuando pasó a su lado.

Dante, ocupado en mirar a Belle, no le prestó la menor atención. En la terraza, absorta en su íntima conversación con Alastair Stevenson, ella ni siquiera lo había visto.

Tuvo que hacer un esfuerzo para no lanzarse sobre el extraño y machacarlo. Steve estaba a su lado, pidiéndole que se calmase, buscando una explicación.

Steve era la voz de la razón, pero él era puro instinto animal. Alastair Stevenson estaba tocando a Belle y él no podía tolerarlo. Verse forzado a ser testigo de esa escena era como si alguien le arrancase la piel. Belle sonreía, dulce y encantadora, como una vez le había sonreído a él.

Soltando el brazo de Steve, dio un paso adelante. El brillo de condena en sus ojos dorados podría encender una hoguera.

–¿Se puede saber qué demonios pasa aquí?

Alastair se levantó de la silla con gesto de sorpresa.

–Lo siento, ha sido una grosería por mi parte retener a Belle, pero quería aprovechar esta oportunidad de hablar con mi hija. Alastair Stevenson –dijo luego, ofreciéndole su mano.

Belle miró a Dante con gesto consternado.

–Belle había desaparecido y estaba preocupado… –Dante pronunció esas palabras con los dientes apretados mientras esa asombrosa palabra, «hija», daba vueltas en su cabeza–. Soy Dante Lucarelli –se presentó.

–Me gustaría verla mañana por la mañana, antes de volver a Gran Bretaña –dijo Alastair–. Espero que no le importe que vaya a su casa.

–No, por supuesto que no –murmuró Dante, intentando esconder sus tempestuosas emociones; sobre todo la fiera irritación con Belle por saberlo todo sobre él mientras ella le escondía sus secretos.

–Nos veremos mañana entonces –se despidió Alastair, esbozando una sonrisa.

–Sí, claro –asintió Belle.

Cuando el hombre se alejó, Dante la tomó del brazo. Belle intentó apartarse, pero él se lo impidió. Steve se había alejado discretamente con su mujer, pero su madre, que nunca había sido diplomática, seguía rondando por allí.

–Vaya, vaya, la camarera apunta muy alto, ¿no? –comentó la princesa Sofia con un brillo en los ojos que podría ser de aprobación. Tal vez Belle había ascendido en su estima por ser hija de Alastair Stevenson.

–Belle esconde muchas sorpresas –murmuró Dante, inclinándose para hablarle al oído.

–No escondo nada, es que no esperaba encontrármelo aquí. Ha sido una sorpresa.

–No tanto como lo ha sido para mí verte con él –replicó Dante–. Me escondes muchas cosas, Belle.

–¿Por qué te interesa tanto? –preguntó ella.

–Porque saber quién es tu padre es más importante que saber cuál es tu color favorito o tu signo del Zodíaco –replicó Dante.

Belle empezaba a enfadarse de verdad. Había sido una noche difícil para ella y no estaba dispuesta a ser censurada por pasar veinte minutos con su padre.

–Pero no es asunto tuyo –le espetó.

De verdad no era asunto suyo. Dante solo era un hombre que la había contratado para hacer un papel durante un fin de semana. No era su marido, ni su novio, ni siquiera eran amigos. Tenía que recordar eso.

Dante tomó aire e intentó contener su mal humor. No recordaba haber experimentado tantas emociones en tan corto espacio de tiempo. Preocupación, rabia, asombro e incredulidad por su comportamiento, ira porque había omitido contarle un detalle tan crucial sobre sí misma. Y luego, al descubrir que era su padre, un absurdo alivio que seguía sin entender.

Algunos invitados empezaban a marcharse y Dante aprovechó la oportunidad para volver a la mesa y despedirse de Steve y Sancha.

–No entiendo por qué estás tan enfadado –le dijo Belle cuando subieron a la limusina.

–¿No lo entiendes? Pues he estado a punto de pegar a tu padre. Menos mal que se ha presentado antes de que tuviese oportunidad de hacerlo –replicó Dante, con los dientes apretados.

Belle lo miró, asombrada.

–¿Y por qué querrías pegar a mi padre?

–Porque vi que os dabais la mano.

–¿Y qué? ¿A ti qué te importa?

–¿Cómo que no me importa? ¡Ningún otro hombre debe tocar lo que es mío! –exclamó Dante, perdiendo el control por primera vez en su vida.

–¿Tuya? Yo no soy tuya –replicó Belle–. Soy la mujer a la que has contratado para que se haga pasar por tu novia, nada más.

–Bueno, pues esta noche no has hecho bien tu papel, ¿no? –replicó el.

–Siento mucho que mi comportamiento te haya avergonzado, aunque no entiendo por qué –dijo ella, aunque no lo lamentaba en absoluto.

Dante intentó calmarse, pero cuando la limusina se detuvo en la puerta del *palazzo* y Belle salió prácticamente corriendo, subió las escaleras de dos en dos, sin molestarse en saludar al ama de llaves, porque necesitaba estar a solas con ella.

Necesitaba un sitio donde nadie pudiese oírlos, donde nadie hiciese comentarios mordaces, un sitio donde pudiese hablar tranquilamente con Belle. Y, con un poco de suerte, ella volvería a ser la mujer a la que se había acostumbrado, la mujer a la que echaba de menos.

–¿Le has hablado a Stevenson de nuestro acuerdo? –le preguntó.

Belle dio media vuelta. Se había quitado los zapatos, aumentando la diferencia de estatura entre ellos, y Dante parecía tan grande y sólido como una columna de granito.

–¡Pues claro que no! –respondió, sorprendida por la pregunta–. No puedes creer que le contaría eso a mi padre. ¿Qué pensaría de mí?

–Me da igual lo que piense de ti.

–Pero a mí sí me importa.

–No hay nada malo en nuestro acuerdo –dijo Dante, airado.

–No sé si él pensaría lo mismo. Por el momento, prefiero que crea que somos una pareja de verdad.

–Podríamos serlo. Estamos discutiendo como una pareja de verdad y creo que el sexo de reconciliación está a la vuelta de la esquina –afirmó Dante tranquilamente, admirando el seductor movimiento de su trasero mientras intentaba desabrochar la cremallera del vestido–. Espera, deja que te ayude.

Belle dejó que bajase la cremallera, pero en cuanto

lo hizo se apartó para quitarse el vestido, mortificada por estar posando en ropa interior delante de él ahora que ese aspecto de su relación había terminado.

–No habrá sexo, ni de reconciliación ni de nada –le espetó con sequedad.

Dante dio un paso adelante con la gracia de un depredador, mirándola con esos asombrosos ojos dorados más encendidos que nunca.

–¿Aunque te deseo en este momento como no había deseado nunca a una mujer?

Belle se detuvo involuntariamente.

–¿Nunca? ¿En serio?

–En serio –respondió él, tomando su cara entre las manos–. He querido pegar a tu padre porque estaba celoso y te aseguro que es la primera vez que me pasa.

De repente, Belle experimentó una extraña sensación de paz.

–¿Celoso? –repitió, sorprendida y encantada–. No me había dado cuenta.

–Pues debes ser la única que no se ha dado cuenta. He hecho el ridículo, me he portado como un bruto –dijo Dante, con los dientes apretados–. Tú estabas sonriéndole…

–¿Ah, sí? –murmuró ella, excitada por el calor de su poderoso cuerpo y por el evidente bulto bajo el pantalón–. ¿Dónde fuiste anoche? –le preguntó abruptamente–. ¿Estuviste con una mujer?

–No, me emborraché y me fui a un hotel. No estuve con nadie. Te deseaba a ti, pero no podía tenerte.

–Dante…

–Más tarde tendrás que explicarme por qué no me habías hablado de tu padre

–¿Más tarde?

–Sí, porque ahora mismo tenemos cosas más urgentes que hacer –dijo Dante con voz ronca mientras le quitaba el sujetador y lo dejaba caer al suelo con gesto impaciente para acariciar sus pechos, rozando los pezones con la punta de los dedos.

–Pero no deberíamos…

–Se acabaron las reglas y los límites –la interrumpió él, reclamando sus labios con ferviente persuasión–. No puedo decirte dónde va esto porque no lo sé, pero sí puedo decir que no vamos a parar antes de que lo hayamos explorado a fondo. Parar esto sería una locura, Belle.

Belle sabía que tenía razón porque ella había intentado parar para protegerse a sí misma y no había servido de nada. Tal vez ya era demasiado tarde, tal vez la química que había entre ellos era como un incendio sin control.

¿Y cómo no iba a sentirse halagada cuando le confesaba que había estado celoso? Eso parecía sugerir que era algo más que una amante temporal, ¿no?

Dante la empujó hacia la cama y le quitó las bragas antes de dar un paso atrás para desnudarse con gesto impaciente… y un brillo posesivo en los ojos que la emocionaba a su pesar.

Lo deseaba tanto que se sentía mareada, casi como si estuviera borracha, aunque no había probado el alcohol. Pero eso era lo que Dante le hacía, la llenaba de un anhelo desconocido, la excitaba de tal modo que apenas era capaz de funcionar. El latido entre sus piernas era insoportable.

Dante se colocó sobre ella, desnudo, bronceado y ardiente, y apenas tuvo que acariciarla porque Belle estaba dispuesta, deseosa, ansiando tenerlo en su interior.

Encendido como nunca, se lanzó sobre ella y la poseyó con fuerza, sus embestidas duras, rápidas y profundas. Belle arqueó la espina dorsal, dejándose llevar por una salvaje ola de lujuria. No podía seguir luchando contra el deseo que sentía por él y no quería hacerlo. Aquella lujuriosa ferocidad la electrificaba. Su corazón latía acelerado, el placer extendiéndose por todo su cuerpo cuando Dante aumentó el ritmo y la potencia del asalto. Belle gritó de gozo, convulsionándose, apretándose contra él sin respiración hasta que Dante se dejó caer sobre ella.

—¿Te he hecho daño? —le preguntó con voz ronca.

—No, me ha gustado.

—¿He sido fantástico?

—No, lo siento, no vas a hacer que diga eso —respondió Belle.

—Pero te he hecho gritar —le recordó Dante, esbozando una sonrisa de satisfacción.

¿Había gritado? Belle estaba demasiado perdida en las sensaciones como para saber lo que hacía, de modo que le permitió ese momento de gloria.

Dante saltó de la cama y la tomó en brazos para llevarla a la ducha.

—Hora de hablarme sobre tu padre. ¿Por qué me habías dado a entender que no formaba parte de tu vida?

—Porque no forma parte de mi vida. Solo lo había visto una vez antes de esta noche —le contó Belle.

—¿Solo una vez?

—Cuando tenía trece años —asintió ella—. Tracy nunca quiso contarme detalles, de modo que solo sabía su nombre. Según ella, era un monstruo. Un día nos visitó, cuando yo tenía trece años. Estaba furiosa con Alastair porque, según ella, se negaba a pagar la pensión y, por accidente, mencionó el nombre de la empresa en la que trabajaba. Y entonces yo tomé una decisión. Fingí estar enferma en el colegio para poder escaparme y me fui a Londres en tren. Sentía tanta curiosidad…

–Es lógico que sintieras curiosidad –la interrumpió Dante–. ¿Y qué pasó?

–Te contaré su versión de la historia, la que he descubierto esta noche, porque no quiero que pienses mal de él –dijo Belle.

Y, mientras se lavaba el pelo, le contó todo lo que había descubierto sobre los engaños y las amenazas de su madre.

–Entiendo que se mostrase hostil después de pasar por eso –asintió Dante–. ¿Pero cómo te trató la primera vez que lo viste?

–Parecía pensar que había ido allí para sacarle dinero, algo que yo entonces no podía entender porque no sabía que el dinero que Tracy le daba a mis abuelos era dinero de Alastair y menos que solo les daba una pequeña fracción de lo que recibía. Me dijo que no quería una hija, que yo era un error que le había costado una fortuna y que no estaba interesado en mantener una relación conmigo –le contó Belle, temblando.

–Pero solo eras una cría. Eso es imperdonable –dijo Dante, llevándola de vuelta al dormitorio.

–La verdad es que me quedé desolada –murmuró ella, sacudiendo la cabeza–. Para entonces ya sabía que mi madre no sentía ningún afecto por mí, pero que mi padre fuese aún más frío, que me rechazase de ese modo, fue muy doloroso.

–Estoy empezando a pensar que debería haberle pegado.

–Por favor…

–Me da igual lo difícil que fuese lidiar con tu madre. Tú eras poco más que una niña y debería haberse preocupado por tu bienestar, no poner por delante a su mujer, no mantenerte como un sucio secreto, no culparte a ti por la avaricia de tu madre.

–¿Qué importa ya? Todo eso es agua pasada –razonó Belle–. Estoy dispuesta a darle otra oportunidad. No tengo otra familia, Dante.

–Entiendo que quieras darle una segunda oportunidad. Al menos le ha hablado a su mujer sobre ti.

–Sí, es un alivio –asintió ella, adormilada, apoyando la cabeza en su hombro.

Le gustaba acurrucarse, pensó Dante. Y ese no era su estilo.

Esperó hasta que se quedó dormida y le quitó el albornoz antes de meterla entre las sábanas. Cinco minutos después, Belle volvió a acurrucarse contra él y, dejando escapar un suspiro, Dante reconoció que estaba empezando a caer en el tipo de relación que siempre había evitado. Y seguía sin saber cómo había pasado.

Por otro lado, tenía a Belle de vuelta en su cama. ¿Eso no era suficiente? Nunca había disfrutado tanto del sexo y, evidentemente, eso había despertado una vena celosa y posesiva que tampoco había tenido nunca. Esa era la verdad. Belle le gustaba, y eso era más de lo que podía decir de muchas de sus amantes. Lo hacía reír. Incluso estaba empezando a tolerar a Charlie, que en ese momento estaba dormido bajo la cama.

Pero no estaba enamorado de ella y no iba a estarlo nunca. Y, sin embargo, era amor lo que Belle quería de él.

¿Entendería que el amor no era algo que uno pudiera sacar de un sombrero, como un truco de magia? Él no tenía la capacidad de amar. Esa capacidad había muerto dentro de él cuando era muy joven, al descubrir el desamor de sus padres. Había tenido el cariño de sus niñeras, que se habían ido sin decir adiós en la mayoría de los casos. La única excepción había sido su hermano, de modo que Dante había decidido no poner sus emociones en nada ni nadie porque amar siempre, siempre, llevaba a la traición y la desilusión.

A la mañana siguiente, nerviosa y tensa, Belle esperaba la llegada de su padre.

–¿Qué le digo si me pregunta por nosotros, Dante? –le preguntó mientras tomaban el desayuno–. Estoy segura de que va a preguntar. ¿Cómo debo describir nuestra relación?

Él se encogió de hombros.

–No hay una etiqueta o una palabra definitiva. ¿Un romance relámpago, un devaneo temporal? No lo sé, dile lo que quieras. En cualquier caso, pronto volverás a Londres.

Belle miró el mantel blanco, más pálida que nunca. Con esas palabras había aplastado todas sus expectativas. ¿Un devaneo temporal? ¿Después de haber dicho que deberían explorar lo que había entre ellos? Evidentemente, esa exploración no iba a ir muy lejos.

Dante la veía volviendo a Londres, saliendo de su casa y de su vida mucho más rápido de lo que ella, ingenuamente, había pensado. No veía futuro para ellos, eso estaba claro. De modo que había malinterpretado lo que dijo la noche anterior, había leído en sus palabras mucho más de lo que Dante pretendía.

Y se le encogió el corazón al pensar eso.

Capítulo 9

DANTE paseaba por la elegante sala de espera como un tigre enjaulado y Belle intentaba no mirarlo. No ayudaba que estuviese tan guapo como siempre con unos vaqueros y una camisa, tan elegante y sexy como para atraer la atención de cualquier mujer, desde las que se encontraban en la calle a la recepcionista que los había recibido o la enfermera que los había atendido.

Belle rezaba para que la prueba diese resultado negativo. ¿Qué otra cosa podía desear cuando su vida estaba a punto de desmoronarse? Sería absurdo querer tener un hijo cuando Dante, evidentemente, estaba horrorizado por esa posibilidad.

Sin embargo, y aunque solo llevaba dos días de retraso, sus pechos estaban inusualmente hinchados y Belle sabía que ese era uno de los síntomas del embarazo. Nerviosa, apretó las manos en el regazo, deseando que Dante se sentase de una vez.

Había pasado una semana desde la visita de su padre, pero recordaba la preocupación de Alastair por su situación. Estaba de acuerdo en que era una mujer adulta y que no era asunto suyo, pero su convicción de que acabaría con el corazón roto si seguía con Dante sin contraer matrimonio era evidente.

Y no le había dicho nada que Belle no supiera.

Había sido demasiado ingenua e impulsiva, demasiado dispuesta a creer lo que quería creer. Y durante los últimos siete días, sencillamente había vivido en un mundo de fantasía.

Dante había dejado bien claras sus intenciones, pero, irónicamente, estaba siendo más considerado y atento que nunca desde que destruyó todas sus esperanzas. Seguramente estaba practicando la farsa de pareja para sus invitados, Eddie y Krystal, que llegarían esa noche. Belle temía esa visita porque tendría que controlar sus palabras y sus gestos y no sabía si sería capaz de hacerlo.

La enfermera volvió para acompañarlos a la consulta del médico y Belle tragó saliva mientras tomaba asiento.

—Enhorabuena –dijo el hombre con una sonrisa en los labios.

Belle no se atrevía a mirar a Dante y se quedó desconcertada cuando él tomó su mano para llevársela a los labios. Durante el resto de la consulta se sentía como atrapada en una burbuja, separada del mundo real. Era la sorpresa, claro, aunque lo había sospechado. Pero cuando el médico le dijo la fecha en la que podía esperar el parto se quedó sin respiración.

—Bueno, qué interesante –comentó Dante mientras subían al deportivo aparcado en la puerta de la clínica.

Ella parpadeó, sorprendida.

—¿Interesante?

—Al menos podemos seguir acostándonos juntos –respondió él, aumentando su confusión.

¿En serio? ¿Esa era su reacción al embarazo accidental?

–Pero yo no estaré aquí para acostarme contigo –le recordó–. Estaré en Londres.

–Ya veremos –dijo Dante entonces.

Belle no se molestó en seguir hablando. Tenía tantas cosas en las que pensar.

Dante miró su pálido perfil. Ni siquiera se había reído y, normalmente, tenía un gran sentido del humor. Claro que había mostrado la animación de un zombi desde el momento que el médico les dio la enhorabuena. Era como si le hubiera dicho que tenía seis semanas de vida.

Tal vez no le gustaban los niños, pensó. No, qué tontería, se dijo luego. Tal vez sencillamente estaba atónita ante la idea de ser madre.

Dante había pasado toda la consulta preocupado por su propia reacción ante la noticia de que iba a ser padre. Había pasado por su cabeza que sus propios padres estarían encantados porque un nieto significaba la continuación de la preciosa saga familiar, pero eso solo era una mera irritación. Las promesas que se había hecho a sí mismo en el calor de la rebelión juvenil y su comprensible deseo de venganza ya no tenían sentido. Tenía veintiocho años, no necesitaba enojar a sus desagradables padres. Después de todo, nada podría devolver la vida a Cristiano y tampoco convertir a sus progenitores en personas decentes.

¿Pero qué sentía sobre la noticia que acababa de recibir? se preguntó a sí mismo. Se sentía aprensivo por los retos que lo esperaban, tuvo que reconocer, porque nada en su infancia le había enseñado a ser un buen padre. Pero podría aprender y debía reconocer que había una pequeña chispa de emoción al saber que Belle esperaba un hijo suyo. Tal vez porque era un hombre posesivo, pensó, aunque también había empezado a imaginar cómo sería su hijo. Debía ser la sorpresa, razonó.

–Creo que deberíamos aparcar este asunto hasta que nuestros invitados se vayan el domingo –le dijo–. Es un tema delicado y es mejor no hablar de ello ahora.

Belle miraba fijamente el paisaje por la ventanilla, un poco mareada por las curvas de la carretera. Ni siquiera quería hablar del bebé, pensó. ¿O no quería disgustarla porque Eddie y Krystal estaban a punto de llegar?

¿Y por qué había dicho que era «un tema delicado»? ¿Estaría pensando pedirle que interrumpiese el embarazo? Belle empezó a sudar.

«Al menos podemos seguir acostándonos juntos».

Dante quería sexo a todas horas. La interrumpía en medio de cualquier actividad para llevarla a cualquier sofá, cama, o ducha. Una vez incluso en el jardín, donde estaba jugando con Charlie.

«Te he visto y no he podido resistirme, *cara mia*», le había dicho, ansioso, mientras se escondían entre los árboles, desnudándola a toda prisa y moviéndose adelante y atrás hasta que el mundo se convertía en un borrón y Belle no podía pronunciar palabra.

Era insaciable y ella no era capaz de resistirse, aunque había hecho un esfuerzo. Había intentado ser sensata y alejarse de esa incesante intimidad. De hecho, había pasado mucho tiempo en su habitación, aunque pronto había descubierto que no era su habitación en absoluto porque Dante entraba continuamente para preguntar qué hacía o para sugerir algún libro que a él le parecía interesante.

Claro que también la había llevado a comer a Florencia y, en una ocasión, a tomar café con su amiga Liliana, que no era una amiga en absoluto. La guapísima abogada morena la había estudiado con gesto indignado y apenas le había dirigido la palabra, dedicando toda su atención a Dante, que no parecía darse cuenta de nada.

Y luego estaban los regalos de todo tipo, incluso una diminuta réplica de Charlie en una cadenita de oro. O el chal de cachemir que le compró una mañana en Florencia, convencido de que tenía frío porque la sintió temblar mientras acariciaba su espalda. O el bolso que había admirado en un escaparate y que Dante había comprado inmediatamente. No podía decir que algo le gustaba porque él parecía pensar que era su obligación comprárselo.

Era increíblemente generoso, absurdamente generoso.

Tristemente, nada de eso significaba que la idea de tener un hijo le hiciera feliz. Tener un hijo significaba que formaría parte de su vida para siempre y, evidentemente, Dante no quería eso. Pero si decidía interrumpir el embarazo, ella se marcharía y él seguiría adelante con su vida.

Y así terminaría todo. Su conexión se habría roto para siempre. ¿Y no era eso lo que Dante quería de una mujer, la libertad para marcharse y buscar nuevas aventuras? ¿No era por eso por lo que la había contratado?

«Te ofrezco el trabajo porque eres una extraña. Después, desaparecerás de mi vida sin ningún problema. No te pegarás a mí, ni creerás que tengo ninguna obligación para contigo. Y tampoco pensarás que te debo nada o que eres especial para mí. Esto solo sería un trabajo, nada más».

Un hijo era una obligación de por vida, una que Dante no querría, pensó con tristeza, como no la había querido su padre cuando era más joven.

—No voy a interrumpir el embarazo —dijo Belle abruptamente.

—No pensaba pedirte que lo hicieras —replicó Dante.

Aliviada, Belle dejó caer los hombros. Se sentía cansada de repente, pero al menos era capaz de pensar en el bebé que esperaba sin experimentar un millón de emociones conflictivas.

Su hijo, su familia. Podía soñar sin sentirse culpable. Daba igual que el bebé no hubiera sido planeado, lo único que importaba era que naciese sano. Además, Belle estaba segura de que sería una buena madre.

—¿Dónde vas? —le preguntó Dante cuando empezó a subir por la escalera del *palazzo*.

—Me apetece echarme una siesta —respondió ella—. No quiero dormirme esta noche, cuando lleguen tus invitados.

—Nuestros invitados —la corrigió él.

—Sí, es cierto. No debo olvidar que estoy interpretando un papel.

La feliz novia, ilusionada y segura de su sitio en la vida de Dante. Todo lo que Belle no sentía en ese momento. Se preguntó qué sentiría él y luego recordó que no debían hablar de eso hasta que terminase el fin de semana.

Dante no quería pensar en lo que acababan de descubrir. Había ocurrido y tendría que lidiar con ello. Así era como lidiaba con todos los retos, sin enfadarse, sin angustiarse. Procesaría la situación y decidiría cuál debía ser el siguiente paso.

Eddie Shriner era un cuarentón fornido, con el pelo castaño y unos inteligentes ojos grises. Krystal era una rubia bajita, con unas curvas voluptuosas destacadas por la estrecha falda y el top escotado. Tenía una voz ronca y seductora. Incluso Belle debía admitir que era una belleza clásica, pero saber que Dante se había acostado con ella la hacía sentir incómoda.

Krystal, sin embargo, no parecía en absoluto incómoda al encontrarse en compañía de su marido y de un antiguo amante. De hecho, clavó sus calculadores ojos azules en Dante en cuanto entró por la puerta y prácticamente ignoró a Belle cuando fueron presentadas, sin comentar siquiera que las dos eran inglesas.

La cena fue muy desagradable, con Krystal intentando acaparar la atención de Dante todo el tiempo, sonriendo, flirteando, interrumpiendo continuamente la conversación de los hombres. Quería ser el centro de atención y no parecía tener el menor interés en ella, ya que la ignoró por completo, despreciando sus esfuerzos de entablar conversación.

Cuando el mayordomo iba a servirle vino, Belle cubrió la copa con la mano.

—No, prefiero agua.

Krystal enarcó una ceja.

—¿No bebes?

—No —respondió Belle. Nunca había sido bebedora, ni siquiera antes de saber que estaba embarazada. Estar sobria le daba autocontrol y esa era una sensación que le gustaba.

–Ah, tienes un problema con la bebida. Tu vida social debe ser un desastre –dijo Krystal.

–No tengo ningún problema con la bebida –replicó Belle, conteniendo el deseo de echarle el vaso de agua a la cara.

–Ya.

Krystal se mostraba satisfecha, como si le hubiese encontrado un gran defecto, y Belle experimentó un fiero deseo de reclamar su sitio en la vida de Dante.

–No bebo porque Dante y yo estamos esperando nuestro primer hijo.

Ante tan espontáneo anuncio, Dante giró la cabeza para mirarla con gesto serio mientras Eddie le daba la enhorabuena. Eddie, que no estaba del todo ciego a los coqueteos de su mujer, parecía encantado por la noticia.

Krystal, por otro lado, clavó sus ojos azules en Belle como si fueran cuchillos.

–Vaya, qué rápido –comentó con tono ácido–. Pensé que solo llevabais juntos un par de semanas.

–A veces eso es suficiente –se apresuró a decir Dante.

–Es verdad. Yo supe que Krystal era la mujer de mi vida el día que nos conocimos –intervino Eddie.

Horas después, una vez solos en la habitación, Dante la miró con gesto de censura.

–Deberías haber guardado el secreto.

Belle se puso un pijama, ignorando los reveladores conjuntos de ropa interior que iban con su nuevo vestuario. Se negaba a vestir como una amante o portarse como tal. En su opinión, una amante intentaba retener la atención de un hombre usando su cuerpo y ella no estaba dispuesta a hacer eso.

–No sabía que fuera un secreto. Si no querías que lo contase, deberías habérmelo dicho –replicó.

Pero, en el fondo, sabía que lo había soltado porque Krystal la había hecho sentir celosa.

–No esperaba que hicieses el anuncio –insistió Dante.

–Un hijo hace que parezcamos una pareja de verdad –dijo Belle–. ¿No has visto lo enfadada que estaba Krystal?

–Y ahora se meterá contigo en lugar de conmigo.

–¿Y no es mejor? Su marido se había dado cuenta de que estaba pendiente de ti –replicó Belle, pasándose el peine por los rizos con inusitada fuerza.

–No sé si podrás soportar su lengua viperina –murmuró Dante, quitándole el peine de la mano–. Deja, lo haré yo. Si sigues tirando así no te quedará un solo pelo.

Belle se quedó inmóvil mientras él la peinaba.

–He conocido a muchas mujeres de lengua afilada en mi vida. Krystal no me asusta.

–Por suerte, mañana estaremos ocupados visitando la finca y no creo que te moleste demasiado.

–Además, para eso me has contratado –le recordó ella.

Dante hizo una mueca.

–No tienes que recordármelo todo el tiempo –murmuró, dando un paso atrás para tomar un papel–. Pero ya que hablamos de ello, quiero pagarte ahora mismo. Dame tu número de cuenta y me encargaré de que hagan la transferencia inmediatamente.

Belle se sintió mortificada. Dante seguía decidido a pagarle, pero ella ya no quería el dinero porque sería un recordatorio de cómo se habían conocido y lo que habían acordado. Y de que nada había ocurrido como debería.

—No quiero el dinero —le dijo—. Es como si estuvieras pagándome por acostarte conmigo.

—Yo nunca pago por el sexo. ¿Por qué lo retuerces todo? —replicó él, airado.

—Eso es lo que parece.

—Yo siempre pago mis deudas y estoy en deuda contigo —insistió Dante—. Además, tenemos suficientes cosas por las que preocuparnos sin discutir por trivialidades.

Evidentemente, se refería al bebé, pensó Belle; el bebé que él veía como un problema y ella como una bendición. Pero tal vez debería guardar el dinero para su hijo, ya que insistía en dárselo. Sí, tal vez sería lo más sensato, pensó. De modo que, con el corazón pesado, anotó el número de su cuenta.

Dante salió de la habitación y Belle se metió en la cama, demasiado cansada como para seguir pensando y reacia a enfrentarse con Krystal durante el desayuno sin haber pegado ojo.

Cuando su móvil empezó a sonar levantó la cabeza de la almohada, sorprendida porque no solía recibir llamadas. Desde que se marchó a Francia había perdido el contacto con casi todos sus amigos de Londres y, además, era muy tarde.

Dejando escapar un suspiro, se incorporó para tomar el teléfono y frunció el ceño al ver un número desconocido en la pantalla. Dejó que saltase el buzón de voz y después escuchó un mensaje que la dejó atónita. Era Tracy, su madre, que tenía su número desde hacía años pero no lo había usado ni una sola vez.

Belle se quedó consternada. Tracy estaba en Italia

y quería verla. No podía imaginar por qué quería verla de repente y tampoco entendía cómo habría descubierto que estaba en Italia.

Después de lo que le había contado su padre no quería saber nada más de ella, pero no iba a verla solo para decirle eso, de modo que le envió un mensaje diciendo que lo sentía, pero estaba demasiado ocupada.

Mientras Belle intentaba volver a conciliar el sueño, Dante estaba en su estudio, angustiado. De nuevo había vuelto a equivocarse, no había previsto su reacción. Las mujeres eran muy sensibles, o al menos Belle lo era, y no se le había ocurrido que pudiese enfadarse tanto por su intención de darle el dinero prometido.

Quería dárselo, como habían acordado, para que no se sintiera atrapada, para que tuviese opciones. Imaginaba que no querría pedirle dinero a su padre. No, esa relación era demasiado nueva y la historia demasiado delicada.

Suspirando, se preguntó como había terminado con una mujer que trataba su dinero como si fuera algo tóxico. Belle quería darle la espalda a todo lo que le ofrecía, no quería aceptar nada. Y esa no era una buena señal para el futuro.

Belle despertó por la mañana en una cama vacía. Sobre la otra almohada había una ligera marca, de modo que Dante había dormido allí, pero se había levantado antes que ella. No la había despertado, no la había besado. Era la primera vez que no la tocaba en toda la noche y se preguntó si la confirmación del embarazo lo habría empujado a alejarse de ella.

Suspirando, se puso el vestido más bonito que encontró en el vestidor para bajar a desayunar porque Krystal era una de esas mujeres que iban siempre perfectas y no quería sentirse insignificante a su lado.

Había esperado ver a Dante sentado a la mesa de la terraza, frente al maravilloso valle, pero solo estaba la rubia.

—Creo que los empleados se han asustado al verme bajar, pero soy muy madrugadora —comentó Krystal, con tono más o menos amistoso.

—Buenos días —dijo Belle, tomando un cruasán.

—Veo que no tienes náuseas matinales.

—Supongo que aún es pronto, aunque tal vez no las tenga. El ginecólogo me ha dicho que no todas las mujeres las sufren.

—¿Esperas que Dante te pida que te cases con él? —le preguntó Krystal entonces.

Belle tragó saliva.

—No, yo no soy así. Soy muy independiente —respondió.

—Es una suerte porque Dante no quiere saber nada del matrimonio. Tiene fobia al compromiso, por eso rompí con él —dijo Krystal, haciendo una mueca. Belle sabía que su relación había sido muy breve, pero no dijo nada—. Claro que, con su historia, ¿qué puedes esperar? A su hermano lo presionaron desde que nació para que se casase y tuviese herederos, pero ahora que ya no está, sus padres esperan que Dante asuma esa responsabilidad y él siempre ha jurado que no se casará ni tendrá hijos.

—Lo sé —asintió Belle, como si nada de lo que decía la rubia fuese noticia para ella.

Pero estaba fingiendo porque no había hecho la

conexión entre el pasado de Dante, la muerte de su hermano y su aversión al matrimonio. No había unido los puntos, aunque tenía todos los datos. Después de una infancia como la suya, lo último que querría sería darle una alegría a sus padres. Por suerte para ella, no había soñado que le propusiera matrimonio.

–¿Y no te importa? –le preguntó Krystal, haciendo una mueca de fastidio al ver que no le afectaban sus pullas.

–Hoy en día las parejas no se casan solo porque esperen un hijo –respondió Belle.

Dante y Eddie aparecieron entonces en la terraza. Dante había estado enseñándole el *palazzo* y, después de desayunar, subieron al helicóptero que los esperaba para llevarlos a la finca. Con Eddie entusiasmado por los cientos de hectáreas de terreno que había comprado, y urgiéndolas a apreciar el espectacular paisaje toscano desde el cielo, Belle tenía que hacer un esfuerzo para sonreír, pero empezaba a sentir náuseas.

Por fin, bajó del helicóptero con las piernas temblorosas y corrió para vomitar detrás de unos árboles. No había dicho nada para no estropear el viaje, pero de repente notó una mano en su espalda.

–¿Estás mejor? –le preguntó Dante–. Te habías puesto verde en el helicóptero.

Belle, mareada, dejó que la envolviese en sus poderosos brazos.

–¿Cómo va el trato con Eddie? –le preguntó.

–Quiere venderme todo el terreno, no solo la parcela de Cristiano, y yo estoy de acuerdo –respondió Dante–. La convertiré en una reserva natural, pero me reservaré la finca de mi hermano.

–Es una bonita forma de honrar su recuerdo –murmuró Belle.

–Si te encuentras bien, quiero enseñarte la cabaña –dijo Dante–. Está cerca de aquí. Y regresaremos a casa en coche, no quiero que vuelvas a ponerte enferma.

Estaba siendo considerado cuando menos lo esperaba, pensó Belle, apoyando la frente en su torso. Debería apartarse, pero se sentía demasiado débil. Por supucsto, Dante estaba de buen humor porque Eddie iba a venderle la finca. Había conseguido lo que quería, la finca, no un hijo que no había sido planeado. Siempre había sido sincero con ella sobre lo que esperaba de esa rclación, pero estaba siendo muy cauto sobre el embarazo.

Aunque tampoco ella le había dicho la verdad, pensó Belle mientras se reunían de nuevo con sus invitados para admirar el paisaje.

Belle intentó identificar el momento exacto en el que se había enamorado de él. Había empezado en París, mucho antes de saber que estaba arriesgando su corazón. Había empezado cuando le habló de su hermano y de su familia porque había descubierto que era como ella. Dante no había recibido amor de niño y, por eso, se alejaba de cualquier emoción, desconfiando de ellas de modo automático.

Era difícil sentir amor cuando no lo habías recibido nunca, pensó. Ella, en cambio, se enamoraba cada día más y la engañosa intimidad la había hecho creer que entre ellos había algo especial, pero no era cierto porque Dante no la correspondía.

Tras despedirse de Krystal y Eddie, que volvieron a Florencia en el helicóptero, Dante y Belle pasearon por un bosque frente a un lago de aguas cristalinas.

Poco después llegaron a una estructura de madera de dos plantas.

—Es muy moderna —comentó Belle.

—La construcción es moderna, pero mi hermano no quería ni electricidad ni calefacción. Le gustaba venir aquí para relajarse después de la dura semana de trabajo en el banco. Mi empresa instaló una turbina y unos paneles solares en el tejado, pero él prefería las velas y las linternas.

—¿No ha sido una descortesía despedirnos así de Eddie y Krystal? —le preguntó Belle entonces.

—Krystal estaba harta del campo y Eddie va a llevarla de compras para que se anime un poco —respondió Dante mientras abría la puerta de la cabaña—. No es muy grande…

Belle entró en el acogedor interior y se quedó sorprendida al ver una cesta de merienda y una botella de vino en un cubo con hielo sobre la mesa, frente a la chimenea.

—¿Esto es para nosotros? ¿De dónde ha salido?

—He pedido que lo trajesen porque tienes que comer —le recordó Dante—. ¿Dentro o fuera?

—Fuera —respondió ella, mirando alrededor—. En algún sitio donde haya sombra.

Dante colocó una manta sobre la hierba y Belle se quitó los zapatos y empezó a investigar el contenido de la cesta.

—Es un sitio precioso. ¿Solías venir con Cristiano?

—A menudo —respondió Dante. A contraluz, parecía más alto y poderoso que nunca, sus ojos dorados brillantes como los de un tigre—. En verano, mi hermano solía dormir en el tejado, bajo las estrellas. Aquí se encontraba en paz, era feliz.

–Imagino que a los perros también les gustaba mucho –comentó Belle, preguntándose por qué no se sentaba y por qué parecía tan tenso.

–Tenemos que hablar seriamente –dijo él entonces–. Anoche me di cuenta de que no podíamos esperar más. Tenemos que hacer planes para un hijo.

–Yo me encargaré de eso –dijo Belle, llenando un plato y empujándolo en su dirección–. ¿No tienes hambre?

–No.

Los dos se quedaron en silencio.

–También es mi hijo –dijo él por fin–. Naturalmente, quiero estar involucrado.

Belle frunció el ceño.

–¿De verdad?

Dante se puso en cuclillas para mirarla a los ojos, los vaqueros negros tensos sobre los poderosos muslos provocando una corriente de deseo que Belle intentó atajar.

–Un hijo no tiene que ser planeado para ser querido. Y quiero casarme contigo, Belle.

–No es verdad –dijo ella, aparentemente despreocupada, aunque le dolía en el alma–. Eres famoso por tu fobia al compromiso. Un hombre así no recibe alegremente la noticia de que va a tener un hijo porque no hay mayor responsabilidad ni mayor compromiso.

–Lo sé, pero todo ha cambiado desde que apareciste en mi vida…

–Sí, sé que la he puesto patas arriba –lo interrumpió Belle. En su opinión, estaba protegiéndolos a los dos para que no cometiesen un terrible error. Casarse con un hombre que no la quería y que solo estaba dispuesto a hacerlo porque pensaba que era su obligación sería un desastre–. Me he quedado embarazada y te sientes responsable.

–Porque lo soy. El hijo es de los dos.

–Pero estás dispuesto a ofrecer una solución que nunca has deseado –insistió Belle, angustiada porque sabía que solo le proponía matrimonio por obligación–. Pero yo soy perfectamente capaz de criar a mi hijo.

–Por supuesto que sí, no tengo la menor duda. Pero eso no es lo mejor para nadie. Además, yo quiero estar contigo –dijo Dante, impaciente porque la conversación iba peor de lo que había previsto. No había esperado entusiasmo, pero tampoco esa resistencia.

–Deberías conocerme lo suficiente como para saber que yo nunca te apartaría de nuestro hijo y que podrás verlo cuando quieras –afirmó ella.

–Eso no es suficiente –replicó Dante, incorporándose para servirse una copa de vino–. No voy a darme por vencido, Belle. Soy muy obstinado cuando me enfrento a un reto.

Ella parpadeó rápidamente para contener las lágrimas. No iba a casarse con él solo porque estuviese embarazada. No podría soportar que la atracción que había entre ellos fuese desapareciendo hasta que por fin no quedase nada. Él merecía algo más que tener que casarse con una mujer a la que no amaba y ella merecía algo más que un hombre que no la amaba.

–Tienes hasta mañana por la noche para pensártelo –dijo Dante entonces–. Mañana tengo que acudir al funeral del ingeniero y me iré muy temprano porque quiero visitar a la familia antes del entierro.

Y eso era algo que le gustaba de él, que de verdad le importaban sus empleados, aunque tuviese miles de ellos. Dante Lucarelli tenía corazón, aunque no quisiera reconocerlo. Pensaba que debía casarse con ella porque estaba embarazada, pero esa era una idea muy anticuada. Ella podría arreglárselas sola. Sería mucho más infeliz si se casara con él para perderlo después.

Krystal y Eddie se fueron del *palazzo* por la mañana y Dante se marchó poco después. Se despidieron con frialdad. Él, irritado por su rechazo y Belle enojada porque Dante había decidido que el matrimonio era la solución mágica para el hijo al que veía como un problema. Aunque ella sabía que un matrimonio sin amor sería un fracaso.

Esa tarde, fue a visitar a los perros de Cristiano y cuando volvió al *palazzo* el ama de llaves le dijo que tenía una visita.

Belle se quedó consternada al entrar en el salón y ver a Tracy cómodamente sentada en un sillón, ojeando una revista de moda mientras tomaba un té. Su madre se levantó, una rubia alta y delgada en la cincuentena, aunque parecía diez años más joven.

–Parece que has caído de pie –le dijo, burlona.

Capítulo 10

S E PUEDE saber qué haces aquí? –le espetó Belle.

–Relájate, he sido discreta –respondió Tracy–. No le he dicho a nadie que soy tu madre, solo una amiga. Imagino que le habrás contado a Dante Lucarelli una versión adornada de tu vida. Nunca es sensato recordarle a un hombre que vienes de un nivel más bajo de la sociedad que él.

–Yo no te he invitado a venir.

Tracy enarcó una ceja, clavando en ella unos ojos verdes helados.

–No, desde luego. Dijiste que estabas demasiado ocupada para verme. ¿Qué esperabas que hiciese?

–Esperaba que te olvidases de mí –respondió Belle–. Como hiciste hace tres años, cuando me dejaste en Londres sin un céntimo.

–Sigues siendo mi hija.

–La hija que nunca quisiste –le recordó Belle–. Y, sin embargo, me utilizaste para sacarle miles y miles de libras a mi padre. Un dinero que jamás compartiste con los abuelos.

–¿Has visto a Alastair? –Tracy hizo una mueca de fastidio–. No me digas que te has creído sus mentiras.

–Sí, lo he creído. No tengo nada más que decirte y no entiendo qué haces aquí.

–No eres tan tonta –replicó su madre–. Naturalmente, he venido esperando que compartas algo de tu buena suerte conmigo.

–Yo no tengo dinero.

–Imagino que él te dará algo…

–No, es muy tacaño –la interrumpió Belle.

–Si lo amenazase con vender a la prensa la sórdida historia de tu vida no sería tan tacaño. Y te aseguro que hay detalles que tú no conoces –la amenazó Tracy.

Belle había palidecido, pero no pensaba dejarse intimidar.

–No creo que le importase un bledo –replicó–. Te aseguro que Dante no va a dejar que lo chantajees. Y yo tampoco.

Tracy tomó su bolso con una sonrisa desdeñosa.

–Si cambias de opinión, tienes mi número de teléfono. Nos veremos, ¿verdad?

Belle no dijo nada. Se limitó a mirarla mientras salía del *palazzo* para subir al taxi que esperaba fuera.

Se sentía enferma por tan desagradable visita y bajó los hombros, pensando que su madre no le había preguntado cómo estaba.

Sencillamente, la veía como una fuente de ingresos que estaba dispuesta a saquear. Por supuesto, eso era lo que había sido siempre para ella, una fuente de ingresos que había usado para castigar a Alastair Stevenson por no casarse con ella. Tuvo que contener las lágrimas, enfadada consigo misma por esa debilidad porque hacía años que no se hacía ninguna ilusión sobre Tracy.

Pero le horrorizaba que pudiese inventar alguna historia sórdida que abochornaría a Dante. Belle no podía soportarlo porque Tracy era su cruz, no la de Dante. De hecho, la única forma de protegerlo era marchándose de allí. Si no vivía con él, nadie tendría el menor interés en comprar una historia sobre Belle Forrester.

Tal vez Tracy le había hecho un favor al sacarla de aquella cómoda burbuja. Belle sabía que aquel no era su sitio. Dante le había pagado por hacer un papel, Eddie había decidido venderle la finca y ya no tenía nada más que hacer allí.

Tenía que irse, pensó. Por supuesto, estarían en contacto durante los próximos meses. Para entonces las cosas se habrían calmado y él aceptaría que no tenían por qué casarse. ¿Para qué iba a quedarse? Si se iba, Dante podría recuperar su libertad. Solo había sugerido que se casaran porque se sentía responsable.

Cuanto antes se fuera, antes empezaría a olvidarse de él. Si se quedaba, seguramente acabaría cediendo. Se casaría con él y se enamoraría cada día más. Ser su esposa, acostumbrarse a tener un sitio en su vida, para luego tener que separarse cuando Dante no pudiera soportarlo sería mucho más doloroso. Sí, decidió, despedirse ahora sería más soportable que un matrimonio destinado al fracaso.

No podía volver inmediatamente a Gran Bretaña porque debía cumplimentar la documentación de Charlie. Por otro lado, viajar a Francia sería relativamente fácil y barato. Viajaría en tren y se alojaría en la caravana hasta que hubiera solucionado todo el papeleo.

No tenía muchas cosas que guardar. No pensaba llevarse la ropa que había comprado Dante y, evidentemente, tampoco iba a llevarse las joyas. ¿Tal vez debería llevárselas para venderlas? No, pensó. Dante pagaría una pensión alimenticia, estaba segura. No la abandonaría y su partida sería un alivio para él.

Con un nudo en la garganta, Belle hizo la maleta, intentando no imaginar la vida sin Dante. Se habían conocido solo dos semanas antes, pero lo había cambiado todo. Se había metido en su corazón y ya no podía imaginar la vida sin él.

Pero ella siempre se las había arreglado sola y lo haría de nuevo. Dos semanas eran dos semanas y, con un poco de suerte, podría volver a ser la chica práctica y serena que había sido siempre.

Belle abrió el ordenador portátil que Dante le había prestado para buscar horarios de trenes.

Cuando volvió al *palazzo* y un empleado le informó que Belle se había marchado con Charlie y una maleta, Dante tardó un momento en entender lo que estaba diciendo. No podía haberse marchado así, de repente, se decía. Además, ninguna mujer lo dejaba plantado. Siempre era él quien cortaba las relaciones, pero ahora parecía haber llegado su turno.

Había una nota en el dormitorio, junto a las joyas que le había regalado.

Gracias por el dinero. Estaremos en contacto.

Belle no quería casarse con él. Dante había sabido desde el principio que no era una mercenaria, así que no era cuestión de dinero. Sí, le había disgustado la proposición de matrimonio, pero no tanto como para marcharse así, sin decirle nada.

Pedirle que fuera su esposa la había disgustado en lugar de complacerla. Casi le daban ganas de reír. Lo había dejado plantado, a él, uno de los solteros más cotizados del país. Pero, tristemente, no estaba de humor para reír en aquel dormitorio vacío, sin Belle.

Se había equivocado al proponerle matrimonio. No había dicho nada de lo que debería haber dicho... porque había puesto el orgullo por delante. No le había dicho que la quería. Había sido demasiado orgulloso como para admitirlo.

Dante intentó imaginar su vida sin Belle y la imagen era tan triste que se le encogió el corazón. Y, por supuesto, se había llevado a Charlie con ella.

Sabiendo lo que debía hacer, lo que quería hacer, encendió el ordenador que le había regalado y, al abrir el historial, comprobó que había mirado horarios de trenes.

Había vuelto a Francia. ¿Por qué a Francia en lugar de Gran Bretaña? No tenía ni idea, pero agradeció inmensamente ese golpe de suerte porque creía saber dónde había ido y podría llegar allí antes que ella.

Al día siguiente, Belle bajó del taxi frente a la puerta del restaurante y pagó al conductor. Le preocupaba cómo iba a comer durante los días siguientes porque la transferencia de Dante aún no había llegado a su cuenta y el largo viaje le había costado más de lo que esperaba. Sacó a Charlie del transportín y el animal, feliz al recuperar la libertad, corrió como loco hacia la playa y empezó a ladrar alegremente.

Dejando el transportín y la maleta en el suelo, Belle guiñó los ojos para ver qué había atraído tanto a Charlie. Entonces vio una figura masculina bajo los pinos y al terrier saltando de un lado a otro para saludarlo.

Belle solo conocía a un hombre a quien su perro saludase con tanto entusiasmo. Dante podía prestarle poca atención, pero inexplicablemente Charlie lo adoraba.

Pero no podía ser Dante, pensó con el corazón acelerado mientras bajaba a la playa. Sin embargo, cuando el hombre salió de entre los árboles Belle dejó de respirar. Al ver el pelo negro azulado y ese hermoso rostro que conocía tan bien se le hizo un nudo en la garganta.

—Es como volver atrás en el tiempo, ¿verdad? –dijo Dante–. Entonces no nos conocíamos. No sabíamos lo que nos esperaba.

—¿Cómo has sabido dónde estaba? –preguntó Belle.

—He mirado el historial en tu ordenador. Deberías habértelo quedado, aunque me alegro de que no lo hayas hecho porque hubiera perdido mucho tiempo buscándote en Gran Bretaña. ¿Por qué has venido aquí?

—Tengo que rellenar un montón de documentos para el viaje de Charlie y aún no tengo dinero –admitió ella, poniéndose colorada.

—¿Así que solo puedo retenerte a mi lado si no tienes un céntimo?

—Tú no quieres retenerme a tu lado.

—¿Entonces qué hago aquí?

—No lo sé. Haciendo esta separación más difícil para los dos –respondió Belle.

—Pero es que no quiero dejarte ir. No tengo la menor intención de dejarte ir y haría lo que tuviese que hacer, por ridículo que fuera, para tenerte a mi lado –dijo Dante con fiera determinación–. No voy a insis-

tir en que te cases conmigo, pero voy a seguir pidién-
dotelo… porque ese es mi objetivo.

Ella negó con la cabeza.

—¿De qué estás hablando?

Dante tomó su mano para sentarla en un banco.

—Siéntate. Respira hondo y, mientras lo haces, es-
cúchame.

Belle se sentó y Dante se puso en cuclillas frente a
ella, los asombrosos ojos dorados clavados en los suyos.

—Deseo casarme contigo porque te quiero y ese
compromiso es importante para mí, pero si tú no so-
portas una alianza, podemos vivir juntos hasta que la
muerte nos separe. No aceptaré nada menos.

Belle lo miraba atónita.

—¿Has dicho que me quieres?

—Eso he dicho. No sé cómo ha pasado, pero ha
ocurrido muy rápidamente —respondió Dante, enar-
cando una burlona ceja—. Un día estaba planeando
vivir solo el resto de mi vida y, al día siguiente, había
cambiado hasta ser irreconocible. Te quiero a mi lado,
Belle. Cuando no estás conmigo tengo que encon-
trarte y saber lo que estás haciendo, por eso nunca has
podido disfrutar de tu habitación. Has entrado en mi
vida de repente y te has convertido en lo más importante, en lo más precioso para mí.

—¿Lo más precioso? —repitió ella

—Así es — afirmó Dante, llevándose su mano a los
labios y luego mirando sus uñas—. Has vuelto a qui-
tarte la laca.

—Sí… cuando estoy estresada no puedo evitarlo
—murmuró ella, incrédula. No se atrevía a creer lo que
estaba diciendo. No era posible que un hombre como

Dante se hubiese enamorado de una chica tan normal como ella–. ¿Pero y si solo imaginas que estás enamorado de mí?

–¿Por qué iba a hacer eso cuando nunca había querido enamorarme?

–Tal vez porque estoy embarazada –sugirió Belle.

–Eso te ha hecho más deseable… una vez que pasó la sorpresa –admitió Dante–. Pero ya estaba enamorado de ti para entonces.

–Pero siempre me recordabas que pronto volvería a Londres.

–Porque estaba luchando contra esas emociones, quería negar la realidad. Pero no te habría dejado ir –le aseguró Dante–. Me sentía solo cuando apareciste en mi vida. Siempre he sido una persona solitaria, pero tú me has sacado de mi caparazón, tú me haces feliz. Antes de ti, solo Cristiano conseguía hacer eso. Así que, evidentemente, voy a luchar hasta el final para tenerte a mi lado. Eres mía, Belle. Sé cuándo he encontrado algo bueno y no pienso dejarte ir.

–Alejarme de ti me partía por la mitad, pero pensé que era lo que ambos necesitamos, aunque si Krystal no me hubiera recordado que tenías fobia al matrimonio y mi madre no hubiese aparecido…

–¿Tu madre?

–Tracy apareció ayer en el *palazzo*. Quería dinero, por supuesto –respondió Belle, incómoda–. No sé cómo se había enterado de que estábamos juntos.

–Un amigo me llamó para decir que habían aparecido fotos de los dos en una revista británica.

–Ah, claro. Por eso Tracy me amenazó con vender una historia sórdida sobre mí, inventando todo tipo de mentiras…

–¿Amenazó con chantajearte como había hecho con tu padre? –la interrumpió Dante–. Bueno, no te preocupes, no tendrás que lidiar con ella. Esa es mi obligación a partir de ahora. Puede vender las historias que quiera sobre mí, me da igual, pero si cuenta mentiras sobre ti la demandaré y la dejaré en la ruina.

–¿Pero qué pensaría tu familia?

–¿Crees que me importa? La verdad de mi infancia es más sórdida que cualquier cosa que tu madre pueda inventar sobre ti –respondió él–. No olvides que crecí soportando el abuso y las constantes aventuras de mi madre. Eso amargó mi opinión sobre las mujeres y las aventuras que tuve no mejoraron esa opinión… pero la verdad es que yo elegía mujeres que se contentaban con pasarlo bien con un hombre rico –Dante sacudió la cabeza–. Pero entonces te conocí a ti, y tú me has demostrado que hay otra clase de mujeres… mujeres cariñosas, generosas, a quienes no les importa el dinero.

Los ojos de Belle se llenaron de lágrimas.

–¿Estás seguro de que no lo ves todo de color de rosa?

Dante soltó una carcajada.

–No, seguro que no. También veo tus defectos. Por ejemplo, te gustan demasiado los animales abandonados y eres muy desordenada. Y te muerdes las uñas.

–Yo no… ¡ya no me muerdo las uñas!

–Pero te quitas la laca con los dientes. Y siempre me tropiezo con los zapatos que dejas tirados por todas partes –siguió Dante–. Así que no, no lo veo todo de color de rosa.

–Oye, no pasa nada porque lo hagas –bromeó Belle mientras Dante tiraba de ella para envolverla en sus brazos–. Estoy segura de que tengo más defectos, pero te quiero mucho.

–Y, sin embargo, te has ido de mi casa –se lamentó Dante–. Y te niegas a casarte conmigo.

–De verdad pensaba que no querías casarte. Y menos tener un hijo.

–Pensaba así hasta que te conocí, tal vez porque estaba empeñado en castigar a mis padres por lo que nos hicieron a mi hermano y a mí –admitió él–. Pero contigo quiero una esposa y una familia. Esa noticia alegrará a mi madre, pero no voy a sacrificar mi felicidad para castigarla.

–Tal vez podríais hacer las paces –sugirió ella.

–Nunca. No confío en mi madre… y menos cuando se trata de un niño. No, será más seguro mantener a mis padres a distancia.

–¿Y cuándo decidiste que querías casarte conmigo?

–Cuando me di cuenta de que el *palazzo* solo parecía un hogar cuando tú estabas en él –admitió Dante, bajando la hermosa cabeza para apoderarse de sus labios.

La besó hasta dejarla sin aliento y Belle se agarró a la pechera de su camisa, la felicidad como una tormenta en su interior mientras, por fin, se permitía creer que Dante la amaba.

–¿De verdad no te preocupa lo que pueda hacer Tracy? –le preguntó después–. Esa es una de las razones por las que me marché. Quería protegerte de ella.

Él pasó una mano por sus rizos.

–No me preocupa Tracy. Además, es mi obligación protegerte.

–¿Por qué insistías en darme el dinero cuando te dije que no lo quería?

–Porque es tuyo, porque no quería que te sintieras atrapada por estar embarazada y porque quería que fueses económicamente independiente. Quería que tuvieras opciones porque sé que nunca las has tenido –le explicó Dante–. Pero de haber sabido que ibas a dejarme no te habría dado un céntimo.

–¿Y qué sientes por el bebé? –le preguntó Belle.

–Estoy emocionado, pero, por favor, que no sean mellizos. Primero tengo que aprender a cuidar de un bebé, tengo que aprender a ser un padre decente –Dante dejó escapar un suspiro–. Por suerte, aprenderemos juntos y los dos sabemos cómo evitar lo que sufrimos de niños.

–Sí, sabemos qué no debemos hacer –asintió ella, frunciendo el ceño–. Dante, ¿dónde vamos a pasar la noche? No creo que quieras dormir en la caravana.

–¿Por qué no?

–¿Por qué no? Seguramente hay reyes que no duermen en una cama tan lujosa como la tuya –respondió Belle, riendo.

–No tengo intención de dormir en la caravana –anunció Dante–. Steve tiene una casa para invitados en su finca y ya está preparada para nosotros. Me temo que tendré que aguantar muchas bromas cuando te presente como mi futura esposa porque siempre había jurado que no me casaría nunca. Ah, por cierto, eso me recuerda…

Dante sacó algo del bolsillo de los vaqueros. Luego tomó su mano izquierda y, sin ceremonias, puso un anillo en su dedo anular.

Sorprendida, Belle estudió el anillo, un zafiro rodeado de diamantes.

–Aún no he dicho que sí –le recordó.

–¿Quieres que me ponga de rodillas?

–No, quiero que me prometas que me querrás cada día y yo te prometeré lo mismo –respondió Belle, esbozando una sonrisa de pura felicidad.

–Hecho –dijo él–. Te quiero tanto… más de lo que pensé que podría amar a nadie, *cara mia*. Pensé que tenía un témpano por corazón, pero tú has derretido el hielo. Y ahora que tenemos una relación seria, ¿puedo llevarte bajo los árboles y aprovecharme de ti para celebrar que, por fin, eres mía?

–De eso nada. No pienso llegar casa de Steve con el pelo revuelto y cubierta de arena. Además, necesito la comodidad de una cama. Me estoy convirtiendo en una chica materialista –se burló Belle.

–Mi chica materialista –dijo él, tomándola por la cintura con gesto posesivo–. Pronto serás mi esposa y no podría ser más feliz.

Belle se puso de puntillas para besarlo.

–¿Crees que podríamos llevarnos a casa a los perros de Cristiano?

–Me he resignado –admitió él–. Además, tener competencia hará que Charlie se ponga las pilas. Pero no pienso dejar que entren en nuestro dormitorio.

Belle deslizó seductoramente una mano por su espalda.

–¿No?

–Claro que si tus tácticas de persuasión son lo bastante atrevidas, puede que me lo piense –admitió Dante, ardiendo de deseo.

Epílogo

EL DÍA de Nochebuena, Dante entró en el *palazzo* y fue literalmente asaltado por varios perros, un montón de niños y una esposa que olía de maravilla.

–No me dijiste que volverías tan temprano –dijo Belle, feliz de que hubiera llegado a casa a la hora del almuerzo.

–Me gusta sorprenderte –dijo Dante.

–Está mintiendo –intervino Steve desde la puerta del salón–. Se pone nervioso cuando está separado de ti durante mucho tiempo. Cinco años casados y sigue haciéndose el duro. ¿De dónde sacas la energía, Dante? Ríndete de una vez.

–Estaba deseando llegar –murmuró él, tomando a Belle por la cintura para admirar el enorme árbol de Navidad que ella había decorado con el mismo cariño y entusiasmo que ponía en todo lo que hacía.

En cinco años, Belle había puesto su vida patas arriba y Dante estaba encantado. Pero los niños eran la mayor revelación.

Luciano había sido el primero, pelirrojo de ojos oscuros, seguido de Cristiano, de pelo y ojos negros, y luego la pequeña Violet, una niña regordeta con el pelo y los ojos de su madre, tan relajada en comparación con sus hermanos que estaba casi siempre en posición horizontal. Dante jamás hubiera imaginado que disfrutaría tanto de sus hijos, pero le encantaba observar sus diferentes personalidades y los cambios a medida que se hacían mayores. Eran muy diferentes, una mezcla de ambos padres, y él estaba loco por los tres.

Tito y Carina, ya algo viejecitos, se levantaron para saludarlo. Ya no jugaban tanto y solían estar tumbados en sus camitas. Charlie estaba más relajado, pero la camada de cachorros que había tenido con su nueva compañera, de los que Belle se había desprendido con gran esfuerzo, había hecho que Dante declarase una moratoria en la cuestión reproductora.

Tenían cuatro perros, pero era una batalla constante no aumentar el número porque Belle colaboraba con el refugio del pueblo y volvía a casa desolada al ver tantos animales abandonados. Además de los perros, tenían dos tortugas, dos conejos y un conejillo de Indias que los niños habían rescatado. El *palazzo* se había convertido en un zoo.

—Emily y mi padre vendrán a tomar café —le informó Belle mientras subían a su habitación, dejando atrás los gritos de los niños, que jugaban con los hijos de Steve y Sancha en el jardín.

—Necesito una ducha —dijo él—. Pero antes…

—Antes… —lo interrumpió Belle, mirándolo como si le hubiera dado la luna.

Era una expresión de la que Dante no se cansaba nunca porque sabía que no la merecía, sabía que no podía merecer la felicidad que había llevado a su vida.

—Una ducha —insistió, sabiendo que si la tocaba no podría parar porque llevaba cuatro días sin verla y cuatro días era demasiado tiempo para estar sin su adorable esposa.

Belle apoyó la cara en su cuello para oler a su marido como la adicta que era.

–Hueles de maravilla. La ducha puede esperar y estás tan sexy con esa sombra de barba...

Y eso fue todo. Dante la llevó a la cama y la hizo suya apasionadamente, intentando saciar un deseo que no se saciaba nunca.

–*Dio*... te quiero tanto, *cara mia*. No me canso de ti.

Después, saltó de la cama, desnudo y bronceado, para sacar una cajita del bolsillo de la chaqueta.

–Un regalo de Navidad –le dijo, abriendo la caja para sacar una pulsera de diamantes que brillaba como un río de fuego.

–Es preciosa –murmuró Belle–. Venga, vamos a la ducha. Aún tengo un millón de cosas que hacer –añadió, intentando reunir energías para incorporarse.

–¡Espera un poco! –exclamó Dante, impaciente–. Necesito una cadena de diamantes para atarte a la cama. Entonces no tendré que compartirte con nadie.

Ella rio, sintiéndose ridículamente feliz. Su vida era tan maravillosa que ya no recordaba los años solitarios y tristes antes de conocer a su marido.

Dante había llamado a Tracy para advertirle que los dejase en paz y, por suerte, su madre no había vuelto a molestarlos. Alastair y su mujer se habían convertido en parte de la familia. Emily era una mujer encantadora y cariñosa que adoraba a sus nietos y Belle tenía con ella una relación tan estrecha como la que había tenido con su abuela. En cuanto a Alastair, habían ido conociéndose poco a poco y sentía un gran cariño por él. Lo visitaba en Londres cuando Dante tenía que ir allí de viaje y la pareja iba a Italia siempre que tenían ocasión. Habían estado en el hospital cuando Luciano nació, compartiendo la alegría por el nacimiento de su primer hijo, y también cuando nacieron Cristiano y Violet. Eran unos abuelos muy afectuosos y Belle se sentía dichosa.

Steve y Sancha, sus mejores amigos, cuidaban de los niños cuando Dante y ella querían estar solos y solían disfrutar juntos de vacaciones y fines de semana.

Para celebrar su último aniversario de boda, Dante y Belle habían pasado una semana maravillosa en las islas griegas. Además, la cabaña de Cristiano había sido reformada y, en verano, solían dormir en el tejado, bajo las estrellas. Disfrutaban de la naturaleza, pescando y explorando el bosque, y a los niños les encantaba ir allí.

El padre de Dante había muerto dos años antes después de sufrir un infarto y en cuanto a su madre… si se encontraban con ella en algún evento benéfico se limitaban a intercambiar un amable saludo. La princesa Sofia enviaba regalos cada vez que tenían un hijo y, en una ocasión, se había atrevido a ir al *palazzo* para buscar garantías de que sus nietos conocían la orgullosa historia familiar. Pero, aunque Dante se había convertido en príncipe tras la muerte de su padre, se negaba a usar un título que, en su opinión, había contaminado a sus padres, empujándolos a tener hijos cuando, en realidad, no los querían.

—Vamos a pasar unas navidades maravillosas –dijo Belle alegremente mientras salía de la ducha–. Con nuestra familia y nuestros amigos, todos sanos y felices.

—Nunca me había gustado la familia, eres tú quien

ha hecho ese milagro –respondió Dante, mirándola con amor mientras Belle corría por la habitación para vestirse.

–Lo hemos hecho lo dos. Tú has tenido que dejar entrar el amor en tu vida para que eso pasara.

–No he dejado entrar el amor, más bien he sido atropellado por él –bromeó él–. Conocerte ha cambiado mi vida.

Belle se puso de puntillas para buscar sus labios, moviendo juguetonamente el trasero mientras lo miraba con el corazón en los ojos.

–Te quiero tanto.

–No tanto como yo a ti –afirmó Dante, absolutamente convencido.

Bianca

**Una noche de pasión...
¡con inesperadas consecuencias!**

UN OASIS
DE PASIÓN

Susan Stephens

La madre de Millie había muerto en extrañas circunstancias una noche a bordo del yate del jeque Saif cuando ella era solo una adolescente. Ocho años después, aquello seguía atormentándola y, aunque el jeque ya había fallecido y lo había sucedido su hermano Khalid, Millie estaba decidida a esclarecer los hechos. Lo que no podía imaginar era que se vería atrapada por la irresistible atracción que despertaba en ella el apuesto y enigmático Khalid.

Acepte 2 de nuestras mejores novelas de amor GRATIS

¡Y reciba un regalo sorpresa!

Oferta especial de tiempo limitado

Rellene el cupón y envíelo a
Harlequin Reader Service®
3010 Walden Ave.
P.O. Box 1867
Buffalo, N.Y. 14240-1867

¡Sí! Por favor, envíenme 2 novelas de amor de Harlequin (1 Bianca® y 1 Deseo®) gratis, más el regalo sorpresa. Luego remítanme 4 novelas nuevas todos los meses, las cuales recibiré mucho antes de que aparezcan en librerías, y factúrenme al bajo precio de $3,24 cada una, más $0,25 por envío e impuesto de ventas, si corresponde*. Este es el precio total, y es un ahorro de casi el 20% sobre el precio de portada. ¡Una oferta excelente! Entiendo que el hecho de aceptar estos libros y el regalo no me obliga en forma alguna a la compra de libros adicionales. Y también que puedo devolver cualquier envío y cancelar en cualquier momento. Aún si decido no comprar ningún otro libro de Harlequin, los 2 libros gratis y el regalo sorpresa son míos para siempre.

416 LBN DU7N

Nombre y apellido	(Por favor, letra de molde)

Dirección	Apartamento No.

Ciudad	Estado	Zona postal

Esta oferta se limita a un pedido por hogar y no está disponible para los subscriptores actuales de Deseo® y Bianca®.
*Los términos y precios quedan sujetos a cambios sin aviso previo.
Impuestos de ventas aplican en N.Y.

SPN-03   ©2003 Harlequin Enterprises Limited